NAME: Justus Jonas
FUNKTION: Erster Detektiv
FRAGEZEICHENFARBE: weiß
BESONDERE MERKMALE: das Superhirn der drei ???; Meister der Analyse und Wortakrobatik; erstaunlich schneller Schwimmer; zu Hause auf dem Schrottplatz von Tante Mathilda und Onkel Titus; zupft beim Nachdenken an seiner Unterlippe
IST FAN VON: Tante Mathildas Kirschkuchen und Denksport aller Art

NAME: Peter Shaw
FUNKTION: Zweiter Detektiv
FRAGEZEICHENFARBE: blau
BESONDERE MERKMALE: für körperliche Herausforderungen immer zu haben, dafür kein Ass in der Schule; großer Tierfreund; Spezialist für Schlösser aller Art, die seinem Dietrichset einfach nicht standhalten können; neigt zu Vorsicht und Aberglauben
IST FAN VON: schnellen Autos (insbesondere seinem MG), der südkalifornischen Sonne, so ziemlich jeder Sportart

Die drei ???®

Die drei ???®
und der letzte Song

erzählt von Ben Nevis

Kosmos

Umschlagillustration von Silvia Christoph, Berlin
Umschlaggestaltung von eStudio Calamar, Girona, auf der Grundlage der Gestaltung von Aiga Rasch (9. Juli 1941 – 24. Dezember 2009)

Unser gesamtes lieferbares Programm und viele weitere Informationen zu unseren Büchern, Spielen, Experimentierkästen, DVDs, Autoren und Aktivitäten findest du unter **kosmos.de**

MIX
Papier aus verantwortungsvollen Quellen
FSC® C014496
FSC www.fsc.org

Gedruckt auf chlorfrei gebleichtem Papier

Based on characters by Robert Arthur.

ISBN 978-3-440-14227-1
Redaktion: Anja Herre
Lektorat: Nina Schiefelbein
Produktion, Layout und Satz: DOPPELPUNKT, Stuttgart
Printed in Germany / Imprimé en Allemagne

Die drei ???®

und der letzte Song

Einladung auf Moonlight Star

Ein Wagen fuhr auf den Hof. Die kleinen Steine, die unter die Räder des Autos gerieten, knirschten verlockend auf dem festen und staubigen Untergrund. Justus Jonas liebte dieses Geräusch. Jemand traf ein, und damit würde etwas geschehen. Im langweiligsten Fall konnte es ein Kunde sein, der auf Titus Jonas' Schrottplatz nach einem belanglosen Gegenstand suchte wie nach einer Steckdose oder einem bemalten Blumentopf. Wenn er fündig geworden war, hatte Justus zu erklären, warum dieses Stück soundso viel Dollar kostete und nicht sehr viel weniger. Oder der Besucher entpuppte sich als ein Verkäufer, der eine alte Stehlampe loswerden wollte oder ein nicht mehr vollständiges Essgeschirr. Diesem Anbieter wiederum musste Justus verständlich machen, warum das angebotene Objekt nur soundso viel wert war und nicht sehr viel mehr. Denn von der Differenz zwischen beiden Preisen lebte der Trödelmarkt, sprich davon lebten Titus Jonas, seine Frau Mathilda und auch Justus selbst, der nach dem Tod seiner Eltern vor vielen Jahren von seinem Onkel und seiner Tante aufgenommen worden war.

Aber manchmal gab es eben auch die anderen Besucher, die geheimnisvollen, die etwas sehr Ungewöhnliches anboten oder suchten. Und mit ein wenig Glück wurde sogar ein neuer Fall für die drei ??? daraus.

Darauf hoffte Justus auch heute. Zusammen mit Onkel Titus, Peter und Bob war er gerade dabei, einen alten Bootsmotor zu zerlegen, der ihnen einige Probleme bereitete.

Jetzt legte der Erste Detektiv den Schraubenzieher zur Seite und hob erwartungsvoll den Kopf. Ein geländegängiger Pick-up parkte neben dem Tor ein. Ein großer, kräftiger Mann stieg aus. Er trug ein kariertes Hemd mit hochgekrempelten Ärmeln und eine verwaschene Jeans. Seine langen grauen Haare fielen fast bis zum Hintern herab. Der Besucher schlug die Fahrertür zu, öffnete die hintere Tür des Autos und nahm ein großes Päckchen vom Rücksitz. Dann ließ er auch diese Tür zufallen, drehte sich um und schritt auf die Gruppe am Bootsmotor zu.
Der Erste Detektiv hatte Witterung aufgenommen. Der Mann musste um die sechzig sein, schätzte Justus und kramte in seinem Gedächtnis: Irgendwie kam er ihm bekannt vor! Nun richtete sich auch Onkel Titus auf. »Lenny«, rief er und wischte seine Hände an einem Putztuch ab. »Lenny! *Du* in meinem bescheidenen Reich?«
»Na, wenn du mich nicht besuchen kommst, Jonas – dann muss ich mich eben den Canyon runterquälen!« Der Mann lachte dröhnend. Seine tiefe Stimme schien ganz Rocky Beach zu füllen.
Onkel Titus warf das Tuch zur Seite, ging auf den Besucher zu und begrüßte ihn herzlich.
»Lenny The Rock«, sagte Bob zu seinen beiden Freunden, »ich glaub es nicht!«
»*Der* Lenny The Rock?« Peter war wie elektrisiert.
»*Der* Lenny The Rock!«, bestätigte Bob. »Seit Jahrzehnten im Geschäft, über dreißig Alben, meist zusammen mit seinen Kumpels von *Moonlight Star*. Hits wie *Sweet Heart of San José* oder *Hey Ho My Joe* werden seit Jahren im Radio

rauf und runter gespielt. Einer der ganz Großen. Ich wusste gar nicht, dass dein Onkel ihn kennt, Justus!«
»Onkel Titus kauft hin und wieder was bei ihm ein«, erklärte der Erste Detektiv. »Alte Möbel, ausrangierte Musikinstrumente. Als ich klein war, durfte ich ab und zu mit!«
»Hast du nie erzählt!«, beschwerte sich Bob.
»Berühmtheiten sind mir ziemlich egal«, meinte Justus betont gleichgültig. »Und außerdem bin ich in Sachen Rockmusik nicht allzu bewandert. Ich wäre lieber mal bei Mozart oder Bach zu Hause gewesen.«
»Zu seiner Zeit war Mozart auch so etwas wie ein Popstar«, erwiderte Bob.
Inzwischen hatten Lenny und Onkel Titus das Begrüßungsritual abgeschlossen und kamen auf die drei ??? zu. Das Päckchen aus dem Auto hatte sich Lenny unter den Arm geklemmt. Bevor sie aber ins Gespräch kommen konnten, knirschte wieder der steinige Sand. Ein weiterer Wagen war auf den Hof gefahren.
Ausgerechnet jetzt, dachte Justus, wo es gerade interessant wird. Ihn ließ das Gefühl nicht los, dass Lenny zur dritten Kategorie der Besucher zählte, der spannenden. Eine alte Deckenlampe suchte der bestimmt nicht.
Aus den Augenwinkeln nahm Justus wahr, dass es ein großer, heller Van war, der nun neben Lennys Auto einparkte und den Wagen des Rockstars fast verdeckte. Eine Tür ging, ein Mann stieg aus, stand zunächst etwas unschlüssig herum und schritt dann auf eine Bücherkiste zu, die am Boden vor einem grünlich vermoosten Surfbrett stand. Er bückte sich und begann, in dem Kasten zu wühlen.

Vorerst braucht der keine Beratung, beschloss Justus.
»Du bist doch … Justus!«, dröhnte Lenny, als Onkel Titus und er sich vor den drei ??? aufgebaut hatten. Sein braun gebranntes, gegerbtes Gesicht strahlte eine ungemeine Ruhe aus. Zielsicher zeigte Lennys dicker Finger auf den Ersten Detektiv. »Als ich dich das letzte Mal gesehen habe, bist du über deine Füße gestolpert und hast dich fast auf meine Fender-Gitarre gelegt! Ich konnte sie gerade noch retten. Die Nummer vergesse ich dir nie!« Er lachte herzhaft und klopfte Justus kräftig auf die Schulter. »Stimmt es, dass du inzwischen Detektiv geworden bist?«
»Zusammen mit meinen Freunden Peter und Bob hier«, sagte Justus, griff in seine Hosentasche und zeigte dem Mann ihre Visitenkarte. »Wir nennen uns Die drei ???.«
»Hi!«, sagte Peter. Vor Aufregung bekam er nicht mehr heraus.
»Hi, Lenny.« Auch Bobs Stimme klang etwas trocken.
»Ich habe von euch immer wieder in der Zeitung gelesen«, sagte Lenny und warf den drei Jungs aus seinen klaren blauen Augen einen bewundernden Blick zu. »Wenn ich kein Musiker geworden wäre, dann vielleicht auch ein Detektiv? Interessanter Job! Wer weiß, vielleicht mache ich das irgendwann noch mal: einen Fall lösen und direkt in das Leben eingreifen! Als Musiker singst du einfach nur drüber.« Er zwinkerte ihnen zu und Bob sagte: »Je nachdem, wie man es sieht!«
Lennys Augen blieben an ihm hängen. »Über diese Frage kann man lange streiten, wem sagst du das! Aber dich kenne ich doch auch woandersher … Über Sax Sandler, stimmt's?«

Sax Sandler leitete eine Musikagentur, für die Bob ab und zu arbeitete.
Bob nickte. »Sehr gut möglich.«
»War mal befreundet mit dem alten Sax«, sagte Lenny und senkte seine Stimme. »Guter Typ, leider versteht er nicht jeden Spaß. Aber lass uns zur Sache kommen, Titus.« Er klopfte auf das Päckchen.
»Gehen wir doch auf die Veranda«, schlug Onkel Titus vor. »Hast du noch Zeit auf eine Tasse Kaffee?«
»Kaffee von deiner Frau? Aber immer!«, sagte Lenny.
Wenige Augenblicke später saßen sie in der Sonne auf der Veranda, genossen den Kaffee und dazu Tante Mathildas berühmten Kirschkuchen.
»In Ihrem Hause sollte ich öfter einkehren«, sagte Lenny, zwängte sich aus seinem Stuhl und verneigte sich vor Tante Mathilda, die sich gerade zu ihnen an den Tisch gesellen wollte. »Ihr Kuchen ist wirklich vom Feinsten!« Dann ließ er sich wieder in den Campingstuhl fallen. Justus befürchtete schon, dieser würde Lennys Gewicht nicht aushalten, doch die Riemen der Sitzfläche knackten nur leicht.
Tanta Mathilda hob an, etwas zu sagen. »Lenny … ich … es … ach, mir ist das peinlich!«
»Nur raus damit, Mathy!«, röhrte Lenny.
Mathy. Amüsiert sahen sich die drei ??? an.
»Meine Freundinnen«, stotterte »Mathy« Mathilda, »die … also … könnte ich ein … Foto … zusammen …«
Lenny lachte. »Nichts leichter als das! Kommen Sie doch zu mir rüber! Im Hintergrund der fantastische Trödelmarkt und davor Mathy, das blühende Leben!«

Tante Mathilda errötete leicht und setzte sich neben Lenny. Er legte den Arm um sie und sah zu den drei ???. »Hat einer von euch ein Handy dabei?«
Justus sprang auf. »Ich hole schnell meine Kamera! Deren Qualität ist viel besser.«
Einen Moment später war der Erste Detektiv zurück und schoss sicherheitshalber drei Bilder. Lennys Haare wehten stimmungsvoll im Abendwind. Auch Onkel Titus wollte plötzlich ein Bild und der Musiker ließ die Prozedur amüsiert über sich ergehen.
Anschließend wies er auf das Päckchen, das er auf einen freien Stuhl gelegt hatte. »Weswegen ich hier bin, Titus. Da sind ein paar Sachen drin, die ich aussortiert habe. Noten, Songtexte und so. Auch ein paar Originale. Überwiegend Zeug, das ich mal geschenkt bekommen habe. Kannst du es für mich prüfen und mir sagen, was es wert sein könnte? Den Erlös möchte ich nämlich der Schule im Canyon spenden.«
»Klar«, sagte Onkel Titus geehrt. »Ich kenne mich ganz gut mit Musik aus und Bob kann mir bestimmt dabei helfen!«
Lenny sah Bob an. »Ja, das wäre wichtig, wenn du einen genauen Blick draufwerfen würdest«, sagte er langsam. »Und deine beiden Freunde auch. Ihr scheint ja mit allen Wassern gewaschen zu sein, wenn das stimmt, was man von euch liest!«
Justus lächelte und sah auf den Hof, den eine weitere Kundin betreten hatte. Sie blickte sich Hilfe suchend um und schien im Begriff, näher zu kommen. Der Mann an der Bücherkiste erhob sich gerade, winkte jetzt herüber, als wollte

er ›Danke, leider nichts gefunden‹ sagen, und ging zurück zu seinem Wagen. Kurz darauf parkte er aus und fuhr davon. Mit halbem Auge sah Justus dem Van nach. Hatte er sich getäuscht oder saß da auch eine Person auf dem Beifahrersitz?

Die neue Kundin steuerte derweil direkt auf die Veranda zu. »Ich suche eine Trockenhaube«, sagte sie schrill, »haben Sie so was?«

Tante Mathilda stand auf. »Ich kümmere mich um die Dame«, sagte sie leise zu Onkel Titus. Dann rief sie laut: »Aber natürlich! In Titus Jonas' Gebrauchtwarencenter finden Sie so gut wie alles!« Energisch stapfte sie die Stufen zur Veranda hinunter. »Leider«, fügte sie mit einem Seitenblick auf ihren Mann hinzu.

Lenny grinste. »Und nun kommt auch noch meine Sammlung dazu! Zumindest vorübergehend. Aber das ist nicht alles, weswegen ich hier bin«, sagte er. »Morgen feiere ich meinen Geburtstag! Ich werde 65. Tja, so sieht's leider inzwischen aus!«

»Ach, Lenny«, warf Onkel Titus trocken ein, »Rost schläft doch nie!«

Lenny lachte. »Gut geantwortet, Titus! Ja, ich bin noch topfit und an die Himmelspforte klopfe ich noch lange nicht! – Die Party steigt zu Hause bei mir, auf Moonlight Star. Gegen acht Uhr geht's los! Zusammen mit meinen Jungs aus der Band werde ich ein kleines Konzert geben. Nur für Musiker, Freunde und Nachbarn, dazu ein paar Ehrengäste. So vierzig, fünfzig Leute werden da sein und wir lassen es krachen, das kann ich dir sagen! Es wäre mir eine große Freude und

Ehre, wenn du kommen würdest, Titus! Mit deiner Frau natürlich!« Er warf einen Blick auf die drei ???. »Und die Jungs kannst du auch sehr gerne mitbringen! Solange Justus nicht auf meine Gitarre fällt …«, fügte er grinsend hinzu.

»Danke!«, sagte Onkel Titus. »Ich weiß nicht, ob …«

Die drei ??? räusperten sich vernehmlich.

»… ich das annehmen kann«, vollendete Onkel Titus seinen Satz.

»Kannst du, alter Junge«, sagte Lenny dröhnend. »Und besorgt euch sicherheitshalber ein paar Ohrstöpsel! Es wird laut, das verspreche ich euch! Und eine kleine Überraschung gibt es auch!«

»Eine Überraschung?«, merkte Justus auf. Er wollte nachfragen, doch Onkel Titus sagte bereits: »Ich freue mich riesig, Lenny! Einladung angenommen!«

»Na, dann bis morgen! Und eine Bitte: Verkauf noch nichts aus dem Päckchen! Bewertet es und …«, Lenny sah Onkel Titus an, dann die drei ???, »… hebt es erst einmal nur für mich auf, ja? Nur aufheben!«

»Du kannst dich auf uns verlassen«, sagte Titus Jonas.

Justus nickte und zupfte an seiner Unterlippe. Bewerten. Aufheben. Soso. Steckte möglicherweise noch ein weiteres Ansinnen hinter dieser »Leihgabe«?

Das Päckchen

Kurz darauf war Lenny in sein Auto gestiegen und davongefahren. Moonlight Star, das Haus, in dem der Musiker wohnte, gehörte zu einer versteckt gelegenen kleinen Ansammlung von Häusern hoch oben in den Red Wood Hills. Lenny hatte sie über die Jahre hinweg Stück für Stück zusammengekauft. Wie Bob wusste, lebten auch der Gitarrist Ron und der Bassist Morning-Joe mit ihren Familien dort. Zusammen mit Keith, dem Drummer, der eine kleine Hazienda oberhalb von Malibu besaß, bildeten sie die Band *Moonlight Star*. Nach ihr hatte Lenny das Anwesen benannt. Er lebte dort mit seiner Frau Sue Tamara, mit der er seit zehn Jahren in zweiter Ehe verheiratet war.

»Wie alt diese Sue wohl ist?«, wollte Peter wissen, nachdem er Bobs Ausführungen eine Zeit lang zugehört hatte. »Bestimmt gerade mal sechsundzwanzig!«

Die drei ??? saßen mit dem noch ungeöffneten Paket in ihrer Zentrale, dem zum Detektivbüro umgebauten alten Campingwagen, der sich – für fremde Augen versteckt unter allerhand Schrott – ebenfalls auf dem Trödelmarkt befand.

»Sue Tamara ist etwa fünfzehn Jahre jünger als Lenny«, erklärte Bob.

»Kinder?«, wollte Justus wissen.

Bob schüttelte den Kopf und schnaufte. »Sagt mal, ich bin doch kein Melderegister! Offiziell hat er keine, soweit ich weiß. Aber bei so einem Rockerleben? Der Mann ist ganz schön rumgekommen! Vielleicht drei? Zehn? Oder sogar hundert? – Warte.« Bob setzte sich an den Computer und suchte eine Seite mit Informationen zu Lenny The Rock. »Meine Güte, das sind ja Absätze über Absätze …«, sagte er. »Haufenweise Auszeichnungen, Hits … keine Kinder. Was wollt ihr sonst wissen? Lenny The Rock ist bekannt für seine sozialkritischen Songs, für seine Liebeslieder und für ›immer wieder kaum zu deutende Songtexte gespickt mit kraftvollen sprachlichen Bildern, über die sich seit Jahren die Experten den Kopf zerbrechen‹. Da habt ihr's. Und die Polizei scheint Lenny nicht besonders zu mögen: Gleich in ein paar Songs kritisiert er die überharten Einsätze gegen Schwarze in L. A. Soll ich noch mehr erzählen?«

»Eine Mitteilung geht gerade noch in mein Hirn«, sagte Peter grinsend.

»Okay. Warte. Ja, das ist nett: Ab und zu ist er auch für Streiche und Scherze gut. Einmal hat die Band ein Konzert komplett hinter Silikonmasken mit Lennys Konterfei angefangen. Alle Musiker sahen gleich aus, und keiner wusste mehr, wer wer ist. Das Intro war ein Instrumental und nachher kam raus, dass Lenny an den Drums saß und der Bassist Gitarre gespielt hat, und keiner hat's gemerkt!«

Justus lachte. Gleichzeitig spürte er das ihm sehr bekannte Kribbeln im Bauch, wenn sich ein Geheimnis näherte. »Danke für die Ausführungen, Bob«, sagte er. »Lasst uns jetzt in das Paket reinschauen! Was Lenny wohl mit dieser Überraschung gemeint hat, die er auf seinem Fest präsentieren will?«

»Du machst dir schon wieder viel zu viele Gedanken«, sagte Bob. »Wahrscheinlich tritt er mit irgendeinem anderen Star auf oder mit seiner Frau. Das sind die üblichen Highlights auf solchen Partys!«

»Ich hoffe, es wird was Spannenderes!«, warf Peter ein. »Lennys Musik ist nicht so meine Sache. Das Zeug ist mir zu altmodisch!«

Damit geriet er bei Bob an den Falschen. Es gab fast keine Musik, die Bob nicht hörte, Rock, Heavy Metal, Hip-Hop, Rap, Reggae, Weltmusik, sogar Jazz. Nur bei Klassik kannte er sich nicht gut aus. »Unterschätze Lenny nicht!«, sagte Bob. »Letztens hat er sogar eine Aufnahme mit den *Black Prints* aus Seattle gemacht, und die sind ja wohl genau deine Preislage!«

»*Die* und *er*?«, fragte Peter erstaunt. Die *Black Prints* waren aktuell eine seiner Lieblingsbands.

»Ich sag ja, den packst du so schnell in keine Schublade!«

Inzwischen hatte Bob die Kordel entfernt, mit der das Paket zugeschnürt war. Vorsichtig löste er noch einen Klebestreifen und faltete das Packpapier auseinander.

Zum Vorschein kamen diverse Auszeichnungen, darunter viele in durchsichtigem Plastik versiegelte CDs, allerlei Figuren und Gegenstände, die sich als Andenken an Konzerte oder kleinere Festivals entpuppten, und zu guter Letzt ein Stapel Papiere.

Gedankenvoll strich Justus mit seinen Händen darüber.

»Du suchst doch schon wieder ein Geheimnis, Justus, stimmt's?«, fragte Bob. »Ein Geheimnis und einen neuen Fall! Und was ist, wenn es ausnahmsweise kein Rätsel gibt?«

Justus schwieg.

Bob schüttelte den Kopf, nahm sich die Papiere und blätterte sie durch. »Songtexte, Varianten von Liedern – das Zeug könnte ganz schön was an Geld bringen! Aber wir sind wohl kaum die Richtigen, um das zu vermarkten. Dazu braucht man Versteigerungsagenturen, am besten welche, die auf Musik spezialisiert sind.«

»Vielleicht wollte Lenny erst mal ein unabhängiges Urteil hören«, sagte Peter.

»Onkel Titus hat uns gebeten, jede Position zu erfassen«, unterbrach Justus sie. »Schließlich sollen wir umfassend Auskunft geben. Ich erkläre mich freiwillig bereit, alles aufzuschreiben, wenn ihr es mir Teil für Teil ansagt.«

»Wenn du willst …« Bob reichte Peter in etwa die Hälfte des Inhalts und abwechselnd machten sie sich daran, Justus die Fundstücke zu diktieren.

»Eine Duettfassung von *Kisses in Alabama*«, sagte Bob. »Hat er gemeinsam mit Sandy Carson gesungen. Mit der hatte er, glaube ich, angeblich mal ein heimliches Verhältnis.«

»So etwas kann ich leider nicht bieten«, übernahm Peter, »nur einen zehn Zentimeter hohen Gitarristen aus Plastik vom Ohio Festival.« Er schüttelte ihn. »Hohl ist die Figur scheinbar nicht. Ob sie ein anderes Geheimnis birgt?«

»Jetzt fang du nicht auch noch mit Geheimnissen an!« Bob schüttelte den Kopf. »Ich habe hier eine Songvariante von *Know Your Rights*, eine Coverversion, die er meines Wissens nur einmal gesungen hat. In einem Gefängnis, glaube ich.«

»Goldene CD der Radiostation *100top*«, diktierte Peter.

»Noten für ein Lied, das *La-La-Song* heißt«, sagte Bob. »Muss neu sein, nie gehört. Zwei vollgeschriebene Seiten, das Ganze. *La-La-Song* …«

»Klingt eher nach Mainstream-Country«, kommentierte Peter. »Ich habe da noch ein Plakat des Newport Festivals zu bieten! Mit Unterschriften drauf.«
»Autogramme von Musikern?«, fragte Bob.
»Kann's nicht entziffern!«
»Gib mal her!«
Justus notierte alles. Zum Schluss waren es 47 Positionen. Alles in allem ein ziemliches Sammelsurium.
»Sieht aus, als hätte Lenny das schnell zusammengekramt«, sagte Justus. »Ein System sehe ich nicht dahinter. Mir kommt das seltsam vor. Ich habe den Eindruck, als sollten wir den Inhalt weniger bewerten als vor allem auf ihn aufpassen!«
»Aber warum?«, fragte Peter.
Justus zuckte mit den Schultern. »Keine Ahnung. Ich schlage vor, Bob, du recherchierst ein wenig und ich fertige in der Zeit von jedem Objekt ein Foto an.«
»Wozu das denn?«, fragte Peter.
»Irgendwann brauchen wir es sowieso, zum Beispiel um Angebote einzuholen. Wir werden doch kaum Originale rausschicken, oder?«

Gegen Abend des nächsten Tages machten sich Titus, Mathilda, Justus, Peter und Bob fertig für die Party auf Moonlight Star. Bei den drei Jungen dauerte das nur wenige Minuten. Justus zog sich gar nicht um, sondern schnappte sich einfach eine Jacke. Abends konnte es kühl werden in den Bergen. Peter hatte sich immerhin ein T-Shirt von den *Black Prints* übergestreift und Bob wartete sogar mit einer historischen Roadie-Jacke von Lennys *Stuttering Moonlight*-Tour auf. Onkel Titus brauchte etwas länger, bis er die passende Kombination von Jeans und Lederjacke gefunden hatte. Als auch er fertig war, mussten sie noch eine Weile auf Tante Mathilda warten, die sich nicht zwischen einem festlich-schwarzen Kleid und ihrem neuen Country-Outfit entscheiden konnte. Zum Schluss zwängte sie sich in ein paar alte Hippieklamotten.

»Wow!«, sagte Onkel Titus, als sie ins Wohnzimmer trat, und sah sie verliebt an. »Ganz wie früher!«

Sie stiegen in den Pick-up, fuhren vor das Gelände und schlossen das Tor ab. Die Sonne stand schon tief, als sie in den Canyon einbogen, in dessen höheren Lagen Lennys Anwesen lag. Der Verkehr schlängelte sich Kurve um Kurve, doch mit jeder Meile nahm er ab. Das Tal selbst war wenig besiedelt. Aber immer wieder führten schmale Straßen seitlich durch die sperrige Macchia ins Hinterland des Canyons, wo verborgen im dichten Grün die Wohnhäuser lagen. Auf halbem Wege passierten sie The House of Hidden Treasure, einen ungewöhnlichen Laden, in dem es allerhand wunderliche Gegenstände zu kaufen gab. Seinem Besitzer, Mr Strummer, hatte Onkel Titus schon das eine oder andere kuriose Schmuckstück verkauft.

Schließlich erreichten sie die bewaldeten Gebiete der Gegend. Als es in einer Senke ein Stück bergab ging, wies Justus auf frische Lackspuren und Kratzer an einer Felswand vor ihnen, die er im Scheinwerferlicht entdeckt hatte. Offenbar hatte es hier vor Kurzem einen Unfall gegeben. Onkel Titus bremste vorsichtig ab und beim Vorbeifahren konnten sie Glassplitter am Straßenrand erkennen.

Der Erste Detektiv wäre gern ausgestiegen, aber sein Onkel gab schon wieder Gas. An einem unscheinbar wirkenden Seitenweg bog er von der Hauptstraße ab. Nun ging es einen holprigen Fahrweg entlang, der sich ein paarmal gabelte. Schließlich fuhren sie um eine Kurve und da lag es vor ihnen: umgeben von Bäumen, im kühlen Abendhimmel, das Anwesen Moonlight Star!

Eine Mauer schützte das Gelände vor fremden Blicken. Doch über dem Mauersims sah man den oberen Teil des Hauses, das wie ein überdimensioniertes Blockhaus aussah. Auf dem Dach war ein leuchtender Stern angebracht, das Symbol für Moonlight Star. Zwei Kameras überwachten die Einfahrt. Eine stählerne Toranlage bot weitere Sicherheit, doch heute stand das Tor weit offen.

Titus steuerte den Wagen in das Innere des Geländes, in dem bereits einige Autos parkten. Justus entdeckte einen Lieferwagen der Firma B&Lunch. Es war ein angesehenes Cateringunternehmen, dabei bodenständig und gut. Das passte zu Lenny, und Justus' Magen fing an zu knurren.

Gerade stiegen mehrere Personen aus einem Van. Bob erkannte Robert Byrd unter ihnen, den großen Songwriter. In seiner Begleitung Marsha Mellows, die Schauspielerin.

An der Stelle, wo der Parkplatz in einen Weg überging, tapste Lenny wie ein Schwergewichtsboxer auf und ab und begrüßte seine Gäste. Neben ihm stand ein Holztisch, auf dem sich ein Haufen Geschenke stapelten, umgeben von einem Meer von Blumen.

»Schön, dass ihr alle da seid«, rief er den Ankömmlingen aus Rocky Beach entgegen, nachdem er Robert Byrd und

Marsha Mellows ausgiebig umarmt hatte. Lenny schien bestens gelaunt.

»Hallo, Lenny!«, sagte Onkel Titus und drückte ihm eine Geige in die Hand, um die er eine Schleife gebunden hatte. »Für dich zum Geburtstag. Die hat einen tollen Country-Sound. Hatte ich noch im Geheimarchiv. Instrumente sammelst du doch, oder?«

»Wow! Titus! Das ist mir tausendmal lieber als der ganze Blumen- und Weinkram, so nett das alles gemeint ist!«

Titus lächelte stolz.

»Und nun kommt rein. Hinter dem Haus ist die Bühne aufgebaut. Da gibt's auch was zu essen und zu trinken. Sue wird euch alles zeigen. Zum Glück kann die Party wie geplant stattfinden!«

»Warum?«, fragte Justus.

»Als ich gestern von euch zurückgefahren bin, haben meine Bremsen versagt. Nicht weit hinter Hidden Treasure, bei dem Abschnitt, wo es ein Stück bergab geht. Aber ich habe die Felswand geschrammt und sie als Bremseisen benutzt!« Er lachte dröhnend und klatschte sich mit der Hand auf den Oberschenkel. »Und wir haben noch Witze über das Himmelstor gemacht! «

Justus kräuselte die Stirn. »Hat die Polizei den Vorfall untersucht?«, fragte er.

»Ach, Lappalie. Mir geht's ja bestens. Die Kiste ist an der Seite zerbeult, mehr nicht. War schon ewig nicht mehr in der Werkstatt, der Wagen, und jetzt darf er mal!«

»Du bist eh kein großer Freund der Polizei, oder?«, sagte Titus.

»Polizei?« Lenny schüttelte den Kopf und lachte. »Heute Abend sind ja Detektive da, die sind mir deutlich lieber!«
Justus nickte nachdenklich.

Ein schwieriger Gast

Weitere Gäste trafen ein und Lenny musste ihnen seine Aufmerksamkeit zuwenden. Gemächlich schritten Tante Mathilda, Onkel Titus und die drei ??? den mit Natursteinen gepflasterten Weg entlang, der in einem Bogen um das Haus herumführte und beiderseits von Bäumen und Büschen gesäumt war. In größeren Abständen wiesen warm leuchtende Lampen, die seitlich in die Landschaft hineinstrahlten, geschmackvoll den Weg. Das Gelände schien sich unendlich weit zu erstrecken. Justus ließ sich zurückfallen und atmete die frische und würzige Luft ein.

Etwas abseits des Weges standen zwei Männer, die jeder ein Glas in der Hand hielten. Einer der beiden war sehr auffällig gekleidet. Am meisten stach dem Ersten Detektiv die protzige Uhr ins Auge, die unter dem Ärmel des teuren Satinanzugs hervorglitzerte. »Keine Ahnung, warum Lenny mich eingeladen hat«, sagte der Mann gerade. »Aber das konnte ich natürlich nicht abschlagen! Wenn der König ruft …«

»… dann, Mister Clayton …«, setzte der andere zu einer Antwort an. Er bemerkte Justus' Blick und unterbrach sich.

Justus wandte sich ab und schloss auf zu den anderen, die weitergeschlendert waren, ohne auf die Männer zu achten.

Sie näherten sich Lennys Haus. In den Boden eingefasste Strahler warfen ein orangebraunes Licht auf Moonlight Star und verliehen dem Anwesen ein magisches Ambiente. Justus sah, dass Lennys Domizil einen höheren und einen flacheren Gebäudeflügel besaß, die einen größeren Platz begrenzten.

Als sich der Weg zu diesem Platz hin öffnete, blieben die drei ??? stehen. Vor den einen Seitenflügel hatte der Musiker eine stabile Bühne aus Holz bauen lassen, auf der jetzt die Instrumente auf ihren Einsatz warteten. Eingerahmt war sie von einer Lichtanlage, die die Szenerie verheißungsvoll in gelbes, rotes und grünes Licht tauchte.
»Wir sollten aufmerksam sein«, raunte Justus Bob und Peter zu. »Hast du deine Detektivausrüstung dabei, Peter? Taschenlampe? Dietrichset?«
»Ja, ja!«, sagte Peter. »Aber ich weiß immer noch nicht, warum! Ich denke, wir haben einen freien Abend und genießen hier die Musik? Und das gute Essen selbstverständlich.«
»Ich habe da so ein dummes Gefühl.«
»Wegen Lennys Unfall? Das war in der Tat etwas seltsam.«
»Genau, Bob!«
Der dritte Detektiv sah sich um. Vor der Bühne waren in lockeren Abständen Stehtische platziert, die schon gut zur Hälfte mit Gästen bestückt waren. Es wurde munter getrunken und geredet. Bob entdeckte Sax Sandler, der in ein Gespräch mit Ernesto Lara von der Plattenfirma Galactic Sound vertieft war. Viele bekannte Musikerinnen und Musiker waren da. Bob war beeindruckt. Doch auch ganz gewöhnliche Menschen wie Tony Strummer, der Besitzer von Hidden Treasure, oder der Buchhändler Smith aus Rocky Beach, bei dem Lesley, die nette junge Buchhändlerin, arbeitete, hatten sich zur Party eingefunden.
Auch Onkel Titus hatte seine Kollegen entdeckt und nickte ihnen zum Gruß zu, während sich Tanta Mathilda lieber nach den Berühmtheiten umsah. Plötzlich wurden sie von

der Seite angesprochen. »Willkommen! Ihr seid bestimmt die Familie Jonas!«, sagte eine samtige weibliche Stimme.
Sie drehten sich in die entsprechende Richtung. Eine braun gebrannte blonde Frau, die ein schlichtes weißes Leinenkleid trug, trat lächelnd auf sie zu. »Ich bin Sue Tamara«, sagte sie. Aus ihren braunen Augen warf sie ihnen einen warmen Blick zu. »Lennys Frau. Willkommen auf Moonlight Star!«
»*Familie Jonas* ist nicht ganz korrekt!« Onkel Titus begrüßte Sue und klärte die Verhältnisse.
»Und ich dachte schon, das seien alles Ihre Jungen!« Sue lachte und winkte eine Angestellte der Cateringfirma herbei. »Was möchtet ihr trinken? Das Essen ist dort drüben aufgebaut, um unseren Brunnen herum.«
Der Brunnen mit dem Buffet war Justus bereits aufgefallen. Er war von einem eindrucksvollen Feuerring aus Fackeln eingefasst, der das geschmackvoll angerichtete Essen beleuchtete.
»Ist das ein funktionstüchtiger Brunnen?«, wollte Justus wissen.
»Ja! Zehn Meter tief. Eine alte Bohrstelle, die wir saniert und erhalten haben, als wir das alte Red Wood House zu Moonlight Star umgebaut haben!«
Die Bedienung trat mit einem Tablett hinzu und Justus, Peter und Bob nahmen sich jeder einen frisch gepressten Orangensaft. Tante Mathilda genehmigte sich ein Glas Sekt und Onkel Titus fragte die Servicedame, eine herausgeputzte Blonde in weißem Jackett, ob er auch ein Glas Bier haben könnte.
»Selbstverständlich! Ich werde meinem Kollegen Bescheid

sagen, der für das Bier zuständig ist. Er wird Ihnen gleich eins bringen!«
»Kollegen? Ich sehe gar niemand anderen. Wie viele sind Sie denn heute vor Ort?«, fragte Titus in Plauderlaune.
»Wir sind zu fünft hier. Sie werden bestimmt nicht lange warten müssen!« Sie lächelte knapp und schritt weiter.
»Wie peinlich von dir«, sagte Tante Mathilda zu Onkel Titus. »Als ob es dir nicht schnell genug ginge!« Sie warf einen entschuldigenden Blick auf Sue Tamara.
»Aber so habe ich das gar nicht gemeint!«, verteidigte sich Onkel Titus. »Ich wollte nur … freundlich … ein wenig …«
Doch er kam nicht dazu, seinen Satz zu vollenden. Tim Durnell, ein Songwriter aus der Gegend, der Bob bereits vorher aufgefallen war, weil er gleich zwei volle Gläser Bier vor sich stehen gehabt hatte, riss sich aus einer Gruppe von Musikern los und schwankte auf Lenny zu, der gerade mit Gästen am Platz eingetroffen war.
»Lenny, du Drecksack!«, brüllte Durnell lallend und schüttete den Inhalt eines der Gläser in dessen Richtung. »Nimm das, du alter Dieb!« Doch er zielte schlecht und Lenny bekam nur ein paar Spritzer ab. Vor Wut schmiss Durnell das Glas zur Seite und holte aus, um seinem Gegenüber einen heftigen Schlag zu versetzen.
Lenny wirkte wenig beeindruckt. »Willst du die alten Geschichten nicht langsam ruhen lassen, Tim?« Er überragte den Angreifer um mindestens eine Kopflänge.
Tim Durnell hielt einen Moment inne. »Hast du mich deswegen eingeladen? Damit ich endlich Ruhe gebe?« Er holte erneut zum Schlag aus. In dem Moment stürzten sich zwei

andere Gäste auf Tim und hielten ihn zurück. Einer von ihnen war Sax Sandler. »Cool bleiben, Tim, bleib cool!« Mühsam gelang es ihnen, Durnell von Lenny fernzuhalten. Sie redeten heftig auf ihn ein, dann riss sich Durnell los und verließ fluchtartig den Platz.

Es herrschte peinliche Stille. Die meisten der Anwesenden starrten auf ihre Füße, als stünde da geschrieben, wie es weiterging.

Nur Lenny war völlig entspannt. »Hey, Leute!«, ließ er seine Stimme erdröhnen. »Nun macht euch mal nicht ins Hemd! Ist halt ’ne Rock-’n’-Roll-Party hier! Und kein Galaabend für Oscarpreisträger! Tim beklagt sich schon seit Jahren, ich hätte ihm einen Song geklaut. Da werden wir uns wohl nie einig werden!« Er trat ein paar Schritte auf Sue Tamara zu, umarmte sie und sagte in die Runde: »So, Leute. Jetzt esst erst mal was auf den Schreck! Das Buffet ist eröffnet! Und in einer halben Stunde legen wir los! Bis dahin müsst ihr mindestens die Vorspeisen probiert haben. Ihr braucht eine gute Grundlage, sonst hauen wir euch weg mit unserem Auftritt! So ist es doch, Freunde!« Er prostete in eine bestimmte Richtung und Bob erkannte Ron und Morning-Joe aus Lennys Band, wie Lenny schon über sechzig, ebenso wie Keith Denver, der Drummer, der gerade neben seine Kollegen trat. Alle drei hoben ihre Gläser und prosteten zurück. Bob hatte den Eindruck, dass Keith dabei weniger das Geburtstagskind als eher Sue Tamara anlächelte, die wiederum erleichtert in die Runde sah.

»Tja«, sagte Tante Mathilda, »dann will ich mal zum Essen gehen.«

Die drei ??? blickten sich vielsagend an und folgten ihr. Auf dem Weg zum Buffet traf Bob auf Sax Sandler.
»Du auch hier?«, fragte Sax und schien fast ein wenig enttäuscht, dass er auf solch einer exklusiven Party seine Aushilfen treffen musste.
»Mehr oder weniger zufällig«, sagte Bob. »Das ging ja knapp an einer Prügelei vorbei eben.«
»Ach, Tim Durnell.« Sandler schüttelte den Kopf. »Angeblich ist der Refrain von *Long Road, Very Long Road* von ihm. Da klammert er sich nun dran, mangels eigenen Erfolgs. Ich glaube eher, beide haben damals die Akkorde gleichzeitig von Bob Dylan geklaut!«
Bob lachte. »Sax, entschuldige bitte meine Neugier, ich habe gehört, du hattest auch mal Streit mit Lenny?«
»Hat Lenny das erwähnt?«
»Na ja, indirekt …«
»Ach, ich bin drüber weg. Lenny ist ein Schlitzohr! Ich hatte ihn mal eine Weile unter Vertrag, vor deiner Zeit in meiner Agentur. Bevor er sie wieder verließ, war er verpflichtet, mir noch ein Album abzuliefern. Und das tat er dann auch!«
»Lass mich raten: *Campfire*?«
»Treffer!« Sax Sandler klopfte ihm auf die Schulter. »Du bist gut, Bob! Er hat mir *Campfire* hingerotzt, zehn furchtbare Songs, an einem einzigen Abend eingespielt, kommerziell ein voller Misserfolg! Aber er hatte seinen Vertrag erfüllt und ging direkt zu einem anderen Agenten und mit ihm zu Galactic …«
»Ein Song von *Campfire* ist immerhin ein Hit geworden«, sagte Bob. »*The Disappearing of a Hobbit.*«

»Ach, das Stück hat doch nur überlebt, weil Lenny es so gerne in seine Shows eingebaut hat. Dazu ein Nebelwerfer, und in dem Dunst ist er dann urplötzlich von der Bühne verschwunden! Musikalisch war das Ding vollkommen belanglos! Gib zu, taugt der Song was?«
Bob schüttelte den Kopf. Sie hatten das Buffet erreicht und mussten das Gespräch abbrechen. Der dritte Detektiv kam in der Schlange direkt hinter Marsha Mellows zum Stehen. So nahe, dass er ihr feines Parfüm atmen konnte. Bobs Blick fiel auf Peter, der in einer zweiten Schlange hinter Tante Mathilda stand und der – das sah man ihm an – liebend gerne mit Bob getauscht hätte.
Und wo war Justus? Normalerweise doch immer da, wo das Buffet auf ihn wartete. Aber vom Ersten Detektiv war seltsamerweise nichts zu sehen. »Entschuldigung!«, sagte Bob zu Sax Sandler und verließ die Reihe wieder.
Hoffentlich war Justus nichts passiert. Aber wo sollte er suchen? Bob wählte den Weg zum Parkplatz, der nun verlassen dalag. Vielleicht hatte Justus Tim Durnell verfolgt. Das schwere Stahltor an der Einfahrt war jetzt zugefahren, alle Gäste waren inzwischen eingetroffen. Eine Parkplatzlampe war ausgefallen, sodass die Szenerie nur schwach beleuchtet war. Bob blieb stehen und zählte die Autos. Vierundzwanzig Wagen parkten hier, inklusive des Lieferwagens der Cateringagentur.
Langsam gewöhnten sich Bobs Augen an die Umgebung. Er versuchte, auf Geräusche zu achten, doch von der anderen Seite des Hauses drang das Stimmengewirr der Party wie eine ständig vor sich hinblubbernde Suppe zu ihm herüber.

Hörte er da in der Nähe ein leises Stöhnen? Vorsichtig schritt er ein paar Meter vorwärts, verließ den Weg und betrat den Parkplatz. Sofort hielt er wieder inne. Da war es wieder, das Stöhnen. Nun kam es von der Seite.

»Just?«, flüsterte er.

Nichts.

»Psst!«, machte es jetzt direkt hinter ihm.

Bob fuhr herum, bereit, sofort Reißaus zu nehmen. Da stand jemand, keine zwei Meter entfernt!

»Ich bin's!«, zischte der Schatten.

»Peter? Hast du mich erschreckt!«

»Was tust du hier?«

»Dasselbe könnte ich dich fragen!«

»Justus suchen!«

Wieder war das Stöhnen zu hören. Es klang, als ob jemand Schmerzen hatte.

»Was war das?«, fragte Peter. »Warte! Ich habe Licht …« Peters Taschenlampe flammte auf. Bob nahm sie ihm aus der Hand. Er leuchtete in die Richtung, aus der er das Geräusch gehört hatte. »Hoffentlich ist es nicht Justus«, flüsterte er. Er tastete sich um das nächste der parkenden Autos herum und zielte mit der Lampe vorsichtig in den Spalt zwischen den Wagen. Nichts.

Er schlich ein Auto weiter. Da lag jemand auf dem Boden!

»Justus?«, fragte Peter entsetzt.

»Nein«, sagte Bob und leuchtete die Person an. »Das ist Tim. Tim Durnell. – Hey, Tim!« Er wollte sich gerade über ihn beugen, als er hörte, dass sich jemand von vorne näherte. Erschrocken sah er auf.

»Ach, hier seid ihr!«, sagte die Person.
Bob atmete erleichtert aus. Es war Justus.
»Könnt ihr mir nicht Bescheid geben, wenn ihr verschwindet? Ohne mich steckt ihr doch gleich wieder in Schwierigkeiten.«
»Wie bitte?«, fragte Bob. »Wir …? *Du* bist doch …!«
»Darf man nicht mal auf die Toilette gehen, ohne sich bei euch abzumelden?«, fragte Justus. »Aber wen haben wir denn da? Durnell?«
»Ja!« Bob hob den Oberkörper des leise vor sich hinstöhnenden Mannes an und sah ihm ins Gesicht. »Mr Durnell? Hallo?«
»Ja, ja«, ächzte Durnell. »Wartet … wartet!«
Nach ein paar Versuchen raffte sich der Musiker so weit auf, dass er sich gegen das Auto lehnen konnte. »Geht schon«, murmelte er. »Au Mann, mein Kopf!«
»Sie haben da an der Seite eine blutende Wunde«, sagte Justus. »Hier ist ein sauberes Taschentuch. Was ist passiert, Mister Durnell? Haben Sie den Täter gesehen?«
Durnell hob den Arm und zeigte schlapp nach oben. Bob leuchtete in die Richtung, in die er zeigte. An der Begrenzung des Parkplatzes stand ein Baum. »Ich glaube, ich habe den Ast übersehen«, murmelte Durnell. »Weiß nicht mehr. Wollte nach Hause. Shitparty!«
»Wir bringen Sie jedenfalls erst mal zurück ins Haus!«, sagte Bob. »Sie brauchen mindestens ein Pflaster. Kommen Sie, wir helfen Ihnen auf.«
Durnell rappelte sich hoch und hakte sich bei Peter und Bob ein.

»Gib mir bitte die Lampe, Bob«, sagte Justus. »Den Baum schau ich mir noch mal genauer an!«
Bob warf ihm die Taschenlampe zu, drehte sich um und nickte Peter zu. Gemeinsam hielten sie Durnell in ihrer Mitte und zogen los. Als sie das Haus fast erreicht hatten, erklang ein gewaltiger, dröhnender Ton. Es war eine E-Gitarre. Das Konzert begann!

The Disappearing of a Hobbit

Die Rückkopplung der E-Gitarre klang langsam aus und es herrschte wieder Ruhe. Offenbar war dies als Zeichen für die Zuhörer gedacht wie zu Vorstellungsbeginn im Theater: Noch konnten sich alle schnell sortieren und beim dritten Klingeln ging es dann los!
Als Bob und Peter mit Durnell den Platz vor der Bühne erreichten, wichen die Umstehenden ein wenig zurück. Die Gäste hielten den Musiker für lediglich betrunken und sahen Peter und Bob mitleidig an. Auf die Idee, ihnen zu helfen, kamen sie nicht. Nur eine ältere Dame, in der Peter eine Schauspielerin zu erkennen meinte, trat auf sie zu. »Tim hat sich ja verletzt!«, sagte sie und strich seine Haare zur Seite, um die Wunde besser zu sehen.
»An einem Baum«, sagte Bob. »Er muss verarztet werden!«
»Geht schon wieder«, grummelte Durnell, um gleich darauf fast seine alte Tonlage wiederzuerlangen. »Dem Lenny … dem zeige ich es! Ja, der … wird schon sehen!«
»Kommt erst mal rein«, sagte die Schauspielerin und führte die Dreiergruppe ins Haus. Eine Frau von B&Lunch kam herbei, die den Musiker übernahm und versprach, ihn mit Desinfektionsspray und Pflaster zu versorgen.
In dem Moment erklang die E-Gitarre zum zweiten Mal.
»Haut schon ab, Jungs«, sagte Durnell, »sonst verpasst ihr noch den Auftritt des großen Meisters! Und immer schön klatschen, ja! – Ach … und danke auch für die Hilfe! War schon okay. Wollt ihr ’n Autogramm von mir?«

»Später, klar!« Peter und Bob nickten ihm zu und gingen wieder nach draußen. Inzwischen hatten sich die Gäste – mit Speisen und Getränken eingedeckt – erwartungsvoll um die Tische positioniert. Bob entdeckte Onkel Titus und Tante Mathilda, die heftig mit Mr Smith aus dem Buchladen diskutierten. Er schnappte die Worte ›online‹ und ›Plattformen‹ auf. Wenn wenigstens Lesley dabei gewesen wäre. Aber in dieses Gespräch reinzuplatzen, hatte Bob wenig Lust. Also drängte er Peter in die andere Richtung, in der sie nach wenigen Metern auf einen noch freien Tisch nahe der Bühne stießen.

Die dritte Rückkopplung bebte los. Bob sah, dass es der Gitarrist war, der neben der Bühne sein Instrument bedient hatte und nun an einem Knopf drehte, um den Ton zu verzerren. Als das Geräusch verklang, stieg Lenny auf die Bühne, hängte sich eine E-Gitarre um, und Beifall brandete auf. Dazwischen laute Lenny-Lenny-Rufe.

»Hört auf, Leute!«, rief Lenny. »Ruhe! Beruhigt euch doch! Wir haben ja noch gar nicht gespielt! Wer weiß, vielleicht findet ihr alles auch viel zu … abgehangen!«

Wieder Beifall und Zwischenrufe.

»Also! Ich begrüße euch noch einmal herzlich! Danke, dass ihr gekommen seid und mir die Ehre erweist! Ich hoffe, ihr habt ’ne knackige Party!«

»Yeah!«, brüllten ein paar.

»Aber bevor wir loslegen, eine Bitte. Die meisten von euch kennen das ja: keine Handyaufnahmen! Keine Aufnahmen aller Art! Wir sind hier unter uns!«

»Yes! Come on!«, brüllte jemand. Alle klatschten.

Der Rest der Band kletterte auf die Bühne. Ron, der schmächtige Gitarrist zuerst, der seine grau melierten Haare zu einem Pferdeschwanz gebunden hatte. Dann der untersetzt wirkende Bassist Morning-Joe, dessen Glatze nur noch ein schmaler grauer Flaum umkränzte. Und zum Schluss folgte mit den Schlagzeugstöcken jonglierend und trotz seines Alters immer noch muskulös: Keith Denver. Die Leute schrien und pfiffen vor Begeisterung.

Lenny grinste und wartete einen Moment. »Darf ich euch meine Rentnerband vorstellen?«

Großes Gelächter. »Forever young!«, schrie ein Mann.

»Ihr kennt sie ja alle. Ron, Morning-Joe und Keith – let's go, guys!«

Die drei gingen an ihre Instrumente, nickten sich zu und dann legten sie los wie ein Hurricane, dass Peter und Bob fast die Ohren abflogen.

Hey Ho My Joe war der Opener, in einer wüsten, krachenden Fassung. Ron malträtierte die Gitarre, der Bass wummerte wie ein Raddampfer vom Mississippi und der Bühnenboden zitterte unter den Schlägen der Drums. Bob war begeistert und hätte am liebsten sein Handy rausgeholt, um das Konzert mitzuschneiden. Auch Peter nickte Bob beeindruckt zu.

Als kurz darauf Justus eintraf, musste er laut brüllen, um seine Freunde überhaupt auf sich aufmerksam zu machen.

»Hast du was rausgefunden?«, schrie Peter.

»Später!«, schrie Justus.

»Was?«

»Später!«

»Täter?«

»Neiiiin! Wir reden später!«
»Was? Ein Verräter?«
Justus winkte kopfschüttelnd ab.
Nach den ersten dröhnenden Songs wurde das Programm etwas leiser. Dazu setzte sich Lenny auf einen Holzkasten, der vorne auf der Rampe stand, und wechselte auf die Akustikgitarre. Sie spielten drei ruhige Lieder, dann kletterte Robert Byrd auf die Bühne und sang mit Lenny ein wieder rockigeres Duett. Zum Schluss seines Auftritts improvisierte Byrd noch ein herzhaftes *Happy Birthday, Lenny,* umarmte das Geburtstagskind und klatschte ihm persönlich Beifall. Unter großem Applaus wurde Byrd von der Bühne verabschiedet.
Dann zeigte Lenny überraschend auf Peter. »Da steht einer mit einem T-Shirt von den *Black Prints*! Der nächste Song ist für dich, Peter! Und danach, Leute, werdet ihr sehen, dass Musik ins Leben eingreifen kann! Der Höhepunkt für heute: *The Disappearing of a Hobbit!* Und eine ganz exklusive vorgezogene Zugabe!«
Der Song mit der Nebelmaschine, schoss es Bob durch den Kopf.
Doch zunächst setzte Lenny zu *Wonderful Dream* von den *Black Prints* an, einem Song, den Peter sehr mochte, und die Band stieg sofort darauf ein. Sie spielten die Fassung etwas langsamer, dämonischer als das Original. Nach der ersten Strophe stellte Lenny seine Gitarre beiseite. Er hockte sich wieder auf den Kasten, bewaffnet nur mit seinem Mikrofon, in das er mit seiner rauen, kräftigen Stimme hineinkrächzte, -sang und -flüsterte, wie es überzeugender kaum ging. Peter atmete tief ein und schwang im Rhythmus mit. Ein paar

Leute zündeten ihre Feuerzeuge an. Stimmungsvoll ging schon jetzt die Nebelmaschine los und hüllte Lenny in gräuliche Schwaden. Nur schemenhaft blieb er zu sehen.
Der Drummer intensivierte die Atmosphäre und Ron ließ die Gitarre jammern, dass es einem fast das Herz brach. Immer dichter wurde der Nebel. Die Beleuchtung änderte sich und glitt über in kühle blaue Farben. Peter hob den Kopf und sah in den klaren Nachthimmel direkt über ihm. Wie weit er doch war. Genussvoll schloss er die Augen.
Plötzlich ein gellender Schrei!
Peter riss die Augen auf.
Er sah gerade noch, dass Lenny die Arme nach oben geworfen hatte, das Mikro losließ und im selben Augenblick im Boden der Bühne versank. Für einen kurzen Moment brach die Musik ab. Der Rauch dampfte weiter, doch da saß kein Lenny mehr im Nebel.
»Die Überraschung!«, sagte Justus und starrte auf die Bühne. Aber war das nicht zu früh? Bob hatte das bei diesem Song noch nicht erwartet. *The Disappearing of a Hobbit* folgte doch erst!
Gleich darauf jaulte die E-Gitarre wieder los, Bass und Schlagzeug fielen ein. Bob stierte auf die Stelle, wo Lenny eben noch gesessen hatte. Auch der Kasten war verschwunden. Bobs Blick suchte die Musiker, die sich irritiert umsahen, während sie weiterspielten. Waren sie ebenso überrascht das Publikum oder hatten sie das alles einstudiert?
, Lenny!«, brüllte jemand. »Ich geb dir ein Bier aus!«
ute schüttelten verwundert den Kopf, andere

»Zugabe!«, rief jemand. »Hey, Lenny!«
Die Musiker spielten weiter, doch Bob beschlich immer mehr das Gefühl, dass irgendetwas nicht stimmte. Er blickte sich um auf der Suche nach Tante Mathilda und Onkel Titus und sah Sue Tamara, die sich durch die Gäste energisch nach vorne drängte.
»Was soll das, Lenny?« Die blonde Frau lief direkt an den drei ??? vorbei und kletterte auf die Bühne. »Lenny! Lenny?«
Der Bassist unterbrach sein Spiel, doch Ron an der Gitarre und Keith an den Drums verrichteten ihre Arbeit unbeeindruckt weiter. Kopfschüttelnd schloss sich Morning-Joe den beiden anderen wieder an.
Das Stimmengewirr im Publikum schwoll an. Die drei Musiker erhöhten ihrerseits die Lautstärke und wiederholten zum mindestens zwanzigsten Mal das gleiche Riff. Ron starrte seltsamerweise dauernd in Richtung Brunnen, als müsste da gleich Lennys Geist auftauchen.
Doch nichts dergleichen geschah.
Währenddessen stapfte Sue Tamara auf der Bühne hin und her, sprach Keith an, der nur mit den Schultern zuckte, und brüllte: »Lenny! Wo ist bloß dieses verdammte Ding?«
Sie suchte hektisch den Boden ab, bückte sich schließlich und hob etwas auf, das wie die Fernbedienung eines Fernsehapparats aussah. Sie richtete sich auf und drückte einen Knopf. »Lenny! Komm zurück!« Der Boden vor ihr öffnete sich. Durch das entstandene Loch wurde die Holzkiste nach oben geschoben. Dann schlossen sich die Klappen wieder.
Der Platz, auf dem Lenny eben noch gesessen hatte, aber war leer.

Der seltsame Brief

Wütend pfefferte Sue die Fernbedienung über die Bretter. »Ich muss Lenny suchen«, rief sie. »Ron! Joe! Spielt weiter für die Leute. Irgendetwas! Das macht mich alles noch ganz verrückt!«
»Halt, Sue!«, rief Justus und erwachte aus seiner Erstarrung. »Wir … wir kommen mit!«
Sue Tamara hatte ihn trotz der Musik gehört und drehte sich um. »Ihr?«
»Wir sind Detektive! Besser, Sie suchen nicht allein!«
»Okay. Los, Jungs!« Sie kletterte von der Bühne und zeigte auf das Haus. »Da lang! Wahrscheinlich ist das alles nur ein blöder Scherz von Lenny! Hätte mich wenigstens einweihen können, der Kerl! Aber wenn ihm nun doch etwas passiert ist …«
Justus nickte Peter und Bob zu und gemeinsam folgten sie ihr. Mehrere Leute traten Sue in den Weg und redeten auf sie ein, doch sie schüttelte sie ungeduldig ab. Kurz darauf erreichte sie eine Tür und trat in das Haus.
»Sue, was ist das für eine spezielle Einrichtung in der Bühne?«, fragte Justus, während sie den drei ??? die Tür aufhielt.
»Lenny liebt solche Überraschungseffekte«, sagte Sue. »Bei den großen Shows verschwand er nur hinten im Nebel, doch hier wollte er was Besonderes machen. Kommt, wir müssen durch den Wohnraum und dort den Flur entlang.«
Die drei ??? traten ein. Auch von innen war das Haus im Blockhausstil gestaltet. Quer liegende braune Holzstämme

dominierten die Wände. In einem in Stein gefassten Kamin loderte ein Feuer. Doch die Detektive hatten keine Zeit, sich umzublicken, so interessant das private Reich von Lenny auch war: Sue war schon im Flur verschwunden, der sich rechter Hand anschloss, und die Jungen mussten sich beeilen, um ihr zu folgen.

»Was genau befindet sich unter der Bühne?«, setzte Justus seine Befragung im Laufschritt fort.

»Im Grunde nur die Maschine und ein zwei Meter hoher Raum, aus dem man in zwei Richtungen rauskommen kann!«, rief Sue Tamara. Sie bog um eine Ecke. Eine Treppe folgte. »So, und jetzt ab in den Keller!«

»Wohin gehen diese Wege?«, insistierte Justus.

»Einer führt in den Kellerflur, der andere zum Brunnen.«

»Zum Brunnen?«, wiederholte Justus erstaunt. Inzwischen liefen sie die Treppe in das Untergeschoss hinunter. Wieder erreichte Sue eine Tür. »Ganz genau. Dort wollte Lenny eigentlich wieder erscheinen. Nachdem er vorher im Hobbit-Song verschwunden war.«

»Was hat er Ihnen denn alles von dem geplanten Auftritt verraten?«, fragte Justus.

Sue blieb stehen. »Sag mal, du Fragebox, wolltest du mir nicht eigentlich helfen?«

»Helfen hat viele Dimensionen«, erläuterte Justus.

»Jetzt aber vor allem eine!«, entgegnete Sue. »Wir suchen Lenny! Mich ausquetschen könnt ihr hinterher! Los!«

Sie hatten unten einen Flur betreten. Gegenüber war eine Holztür in die Wand eingelassen, die einen Spaltbreit offen stand. Dahinter war es dunkel. Bässe wummerten. »Hier geht es jetzt unter die Bühne«, sagte Sue. Vorsichtig zog sie die Tür auf, offenbar in Angst, etwas zu sehen, was sie nicht sehen wollte. Lenny mit einem gebrochenen Bein zum Beispiel oder noch Schlimmeres. Ihre Hand fasste an die Innenwand und suchte einen Schalter. »Warum geht das verdammte Licht denn nicht?«

»Moment!« Justus zückte die Taschenlampe und schob sie sanft zur Seite. Er leuchtete in den Raum. »Soweit ich sehe, ist alles menschenleer!«

»Das kann doch nicht sein!« Sue drängte ihn zur Seite und betrat den Raum. Die drei ??? folgten ihr. Etwas versetzt von der Mitte des Verschlags befand sich die Bahn, auf der offenbar die Kiste von oben nach unten fuhr. Auch ein mit Platten schallgedämpfter Elektromotor stand da, der die Kiste hoch- und runtertransportierte.

Direkt über ihnen stapften – nur durch den Holzboden von ihnen getrennt – Ron und Morning-Joe über die Bühne und bearbeiteten ihre Instrumente. Es war höllisch laut. Die Holzplanken vibrierten im Rhythmus der Schläge des Drummers. Ron sang irgendein Lied. Nur gedämpft waren vereinzelte Stimmen aus dem Publikum zu hören.

»Das ist doch alles nicht möglich!«, rief Sue gegen den Lärm an.

»Wo geht es raus zum Brunnen?«, fragte Peter.

Sue wies an eine der Wände, vor der sich, wie die drei ??? jetzt sahen, im Boden eine Art Falltür befand. »Dort. Man muss unten ein kleines Stück durch einen Gang und landet etwa drei Meter unterhalb der Erdoberfläche im Inneren des Brunnens. Über eine Steigleiter kommt man wieder hinauf.«

»Ich sehe nach«, rief Peter. »Justus, leuchte bitte!«
Bob zog die Falltür hoch und Peter stieg hinab in den Gang. Er verlief leicht abschüssig, doch das Durchkommen war kein Problem. Lenny hatte ihn so gebaut, dass auch ein Kerl wie er bequem hindurchpasste. Ein Stück weiter entdeckte Peter eine Öffnung, durch die schwaches Licht hereindrang. Peter eilte hin und beugte sich hinaus. Konnte Lenny in den Brunnen gestürzt sein? Nein, direkt unterhalb des Einstiegs hatte der Musiker ein Sicherheitsgitter eingebaut. Blätter, kleine Äste, eine Zigarettenschachtel und ein Plastikbecher lagen darauf herum, aber kein verloren gegangener Altrocker. Erleichtert atmete Peter aus. Diese Möglichkeit konnte er also verwerfen. Drei Meter über ihm beugte sich jemand über den Brunnenrand. Peter zog sich in den Gang zurück und lief zurück zu den anderen. »Nichts!«
»Werfen wir einen Blick auf die Anlage«, sagte Justus. »Vielleicht finden wir einen Hinweis. Einen Stofffetzen oder so etwas.«
Da Justus die einzige Lampe hatte, mussten ihm alle folgen. Auf dem Weg zu der Bahn bückte sich Justus und hob etwas hoch. »Ein Stück Draht«, murmelte er. Er rollte ihn zusammen und steckte ihn in seine Seitentasche. Dann trat er an Lennys Konstruktion. Er leuchtete sie von oben bis unten ab und ging einmal um sie herum. Als er genau vor den Schienen stand, stieß er einen überraschten Ruf aus. »Da ist eine Botschaft!« Justus hob einen Umschlag auf, auf dem in großen Buchstaben *Für Pookie* stand.
»*Pookie.* Sind Sie das, Sue?«, fragte Justus.
»Ja … so nennt er mich manchmal«, sagte Sue Tamara. »Un-

ter uns. Das ist ironisch gemeint, lieb.« Sie wollte den Umschlag nehmen.

»Stopp!«, rief Justus entschieden. Aus seiner Hosentasche kramte er zwei Gummihandschuhe hervor. »Wegen eventueller Fingerabdrücke! Bob, dein Taschenmesser!«

»Hier, Erster!«

»Ihr seid ja wirklich professionell ausgerüstet«, staunte Sue. »Aber das ist hier nicht nötig! Es ist ein Brief von Lenny!«

»Bitte, Sue!« Justus hatte die Handschuhe übergestreift und nahm den Umschlag. »Ich hasse kaum etwas mehr, als einen offensichtlichen und vermeidbaren Fehler zu begehen und dann hinterher die Zeit nicht entsprechend den eigentlichen Erfordernissen zurückdrehen zu können!«

»Äh, ja«, sagte Sue.

Vorsichtig schlitzten Justus und Bob den Umschlag auf. Er enthielt ein zusammengefaltetes Blatt Papier, das Justus langsam herauszog und öffnete.

Eine Nachricht, per Computer geschrieben und ausgedruckt, aber per Hand unterschrieben.

Peter leuchtete auf das Blatt und stockend las Sue vor.

Hey Pookie,

sorry für dieses Ding, das ich da mache, aber du kennst ja meinen Dickkopf. Ich wollte die Nummer vom verschwundenen Lenny mal richtig fett bringen. Ich bin abgehauen, Pookie, aber nur für ein paar Tage. Hab einen Plan für einen kleinen Trip. Also mach dir keine Gedanken. Ich bring dir was Feines mit!

Love, Lenny.

Grüß mir die Gäste und die drei ??

Die letzten beiden Zeilen waren handgeschrieben.
»Lenny, du …!«, rief Sue wütend aus. Sie japste nach Luft. »Warum hast du mich nicht eingeweiht! Da steckt doch bestimmt eine andere Frau dahinter!«
»War da gelegentlich was … mit anderen …«, fragte Justus.
Sue Tamara schüttelte den Kopf. »Ach, was weißt denn du!« Sie beruhigte sich etwas. »Vor vielen Jahren hatte er mal für kurze Zeit eine Freundin.«
»Wissen Sie den Namen?«
»Wollt ihr sie etwa befragen?«
Justus räusperte sich. »Wir sind zwar ein Detektivbüro, kümmern uns aber rein um Kriminalfälle. Mit Beziehungsschnüffeleien kann man uns nicht beauftragen. Trotzdem könnte die Tatsache ja von Bedeutung sein.«
»Debbie Peterson«, sagte Sue. »Wohnhaft in Malibu.«
»Danke.«
Bob hatte noch eine andere Frage im Kopf. »Dieser Brief«, fing er an, »könnte es sein, dass den jemand anders geschrieben hat?«
Sue Tamara sah ihn verblüfft an. »Ich habe nicht an seiner Echtheit gezweifelt. Am Computer sitzt Lenny dauernd. Das alles ist sein Tonfall. Und Pookie nennt er mich nur unter ganz engen Freunden. Auch die Unterschrift …« Sie sah auf das Blatt. »Sie sieht echt aus, wenn auch etwas zittrig.«
Justus zupfte an seiner Unterlippe. »Das dritte Fragezeichen fehlt«, sagte er nachdenklich. »Hat er Ihnen eigentlich von unserem Detektivbüro erzählt?«
»Er erwähnte es. Aber nur im Nebensatz.«
Justus verzog kurz das Gesicht, als hätte er einen Stich ver-

spürt. Er faltete das Papier wieder zusammen und wollte es in den Umschlag stecken. »Darf ich das vorläufig behalten?«

»Den Umschlag von mir aus«, sagte Sue Tamara, »aber nicht den Brief! Den möchte ich schon gerne haben!«

Das gefiel Justus gar nicht, aber er gab Sue die Mitteilung.

»Wir sollten nach Lennys Auto sehen«, schlug Peter vor. »Wo steht es normalerweise?«

Jetzt kam wieder Bewegung in Sue. »Wir haben mehrere Autos in der Garage!« Unvermittelt lief sie los.

Sie eilten zurück in den Flur und durchquerten ihn, bis sie an eine Stahltür gelangten. Auch sie war nicht ganz geschlossen. »Seltsam«, murmelte Sue. »Er muss sich sehr beeilt haben. Sonst schließt er immer ab.« Sie öffnete die Tür weiter. Das Neonlicht in der Garage leuchtete und das Tor nach draußen stand weit offen. Alle traten ein.

Insgesamt gab es vier Parkplätze. Nur zwei waren belegt. Ein blank geputzter alter Porsche und ein neuer Camaro parkten da.

»Lennys Pick-up befindet sich nach dem Unfall vermutlich in der Werkstatt«, sagte Peter, »auf zwei Stellplätzen steht ein Auto, also fehlt ein Wagen! Stimmt das, Sue?«

Sue nickte. »Er hat den Chevrolet genommen!«

Ausgerockt!

»Warum ist Lenny mit dem alten Chevrolet weggefahren und nicht mit einem der Sportwagen?«, wunderte sich Sue Tamara. »Besonders seinen Hybrid-Camaro fährt er sonst viel lieber.«
»Der Chevi ist unauffälliger«, überlegte Bob. »Wer weiß, was Lenny vorhat. Er schrieb ja etwas von einem Plan.«
»Vorausgesetzt, unsere Annahme stimmt, dass Lenny sein Verschwinden selbst inszeniert hat«, sagte Justus.
Sue schüttelte den Kopf. »Du glaubst wirklich immer noch an ein Verbrechen, Justus! Lenny hat mir den Brief geschrieben. Und sein Auto ist weg!«
»Aber es gibt da ein paar Ungereimtheiten«, erwiderte Justus.
»Ungereimtheiten? Was meinst du damit? Dass Lenny nicht beim Hobbit-Lied verschwunden ist?«
»Zum Beispiel. Auch andere Kleinigkeiten: die offene Tür zur Garage. War er so in Eile? Warum hat er Sie nicht in seine Pläne eingeweiht? Oder auch Tim Durnells Wunde am Kopf.«
»Er hat sich am Baum gestoßen, wie ich gehört habe«, sagte Sue.
»Wir können uns den Ort gerne ansehen«, sagte Justus. »Durnell müsste auf Zehenspitzen gelaufen sein. Die Äste sind nämlich ziemlich hoch. Und selbst wenn er gegen einen Ast gestoßen sein sollte: Warum befand sich die Wunde seitlich am Kopf und nicht vorne?«

»Vielleicht hat er sich umgedreht, weil er ein Geräusch gehört hat«, sagte Bob. »Er hat den Ast übersehen und – *zack* – rammte er dagegen.«

»Aber was hat das alles mit Lenny zu tun?«, fragte Sue Tamara.

»Vielleicht nichts. Wir werden es herausfinden.« Justus tat einen Schritt auf das Ausfahrtstor zu. »Auf welchem Weg ist Lenny eigentlich vom Gelände gekommen?«

»Ganz einfach. Folgt mir!« Sue Tamara verließ die Garage durch das Tor. Ein schmaler Zufahrtsweg folgte, der seitlich am Parkplatz vorbeiführte und dann auf das große Ausfahrtstor zulief, das jetzt geschlossen war.

»Heute Abend haben wir die Anlage auf Ausfahrtautomatik gestellt«, erläuterte Sue. »Wenn ein Wagen eine bestimmte Stelle passiert, löst er einen Impuls aus, ähnlich wie bei einer Ampel, die dann auf Grün springt. Das Tor rollt auf, das Auto verlässt unser Gelände und dreißig Sekunden später fährt das Tor wieder zu.«

»Hätten wir das nicht hören müssen?«, fragte Bob.

Sue schüttelte den Kopf. »Das Tor ist gut geölt und bewegt sich sehr leise.«

»Und dann bei dem Lärm«, sagte Peter. »Also ich meine: bei der Musik!« Selbst auf dieser Seite des Hauses war der Song, den die drei Musiker von *Moonlight Star* gerade spielten, immer noch sehr laut zu hören.

Bob nickte, drehte sich um und zählte die Autos durch. Es waren vierundzwanzig, genau wie vorhin. Das bedeutete, dass niemand anders das Gelände verlassen hatte. Zumindest nicht mit dem Auto.

»Gibt es noch andere Zugänge zu Ihrem Anwesen?«, fragte der dritte Detektiv Sue Tamara.
»Ja, einen. Nach hinten raus kommt man zu den Häusern von Joe und Ron. Aber nur zu Fuß, sie haben eine eigene Zufahrt. Was sage ich denn jetzt unseren Gästen?«, fragte Sue.
»Die Wahrheit«, erwiderte Justus. »Zumindest, wie wir sie kennen. Sie sagen, dass uns Lenny überraschen und er sich mittels eines Tricks aus dem Staub machen wollte. Fertig. Und selbstverständlich Grüße an alle!«
Sue lachte sogar ein wenig. »Du bist echt ein Herzchen, Justus! Na, dann muss ich da wohl durch!«

Wie gut zwei Stunden zuvor gingen sie wieder um das Haus herum zu der Geburtstagsparty, der nun auf so mysteriöse Weise der Gastgeber abhandengekommen war.
Kurz bevor sie auf dem Platz eintrafen, hielt Sue Tamara die drei ??? zurück. »Das mit den Ungereimtheiten geht mir nicht aus dem Kopf«, sagte sie. »Ich möchte nichts versäumen. Aber die Polizei will ich nicht einschalten. Lenny würde mich lynchen. Vor allem, falls wirklich nichts dahintersteckt!«
»Gerne, Sue!«, unterbrach Justus. »Wir sind einverstanden. So machen wir es!«
»Wie bitte?«
»Sie wollen uns doch gerade bitten, uns ein wenig um die Dinge zu kümmern. Einen Augenblick bitte.« Er kramte in der Innentasche seiner Jacke. »Hier ist unsere Karte! Jeder unserer Auftraggeber bekommt sie.«

Lachend nahm Sue Tamara sie entgegen. »Justus Jonas, du bist doch bestimmt so einer, der in der Schule überall die beste Note hat, oder?«
»Außer im Sport«, bemerkte Peter.
Sue blickte auf die Karte. »Eigentlich sind mir solche Leute ja unsympathisch, aber in deinem Fall möchte ich mal eine Ausnahme machen! Wollt ihr heute hier übernachten? Dann könnt ihr euch in Ruhe noch einmal alles ansehen. Bühnenversteck, Garage, Computer, Eingänge …«
Justus strahlte. »Klar, wir müssen nur noch meine Tante überzeugen, die hat heute die Aufsichtspflicht für uns drei.«
»Lasst mich das mal machen«, sagte Sue und drehte sich um.
Als sich die drei ??? wieder unter die Partygäste mischten, spürten sie sofort die Verunsicherung, die herrschte. Zwar spielte *Moonlight Star* auch ohne ihren berühmten Sänger weiter, doch kaum einer achtete mehr auf sie. Die Leute unterhielten sich, auf vielen Gesichtern stand Ratlosigkeit geschrieben, die sich in unsichere Neugier wandelte, als sie Sue Tamara entdeckten.

Sue kletterte auf die Bühne und bat die Musiker um Ruhe. Auf dem Boden lag immer noch das Mikrofon. Sue hob es auf. Eine gespenstische Stille trat ein.
»Liebe Freunde und Gäste«, sagte Sue. »Lenny … also Lenny hat heute eine richtige Überraschung rausgerockt! Tja, Leute, was soll ich sagen: Er ist durchgebrannt, einfach durchgebrannt! Wie früher, als er siebzehn war! Wahrscheinlich wird man so, wenn man fünfundsechzig wird, oder es sind ihm die Glückwünsche zu Kopf gestiegen. Ich vermute ja, er drückt sich vorm Geschenkeauspacken und Sichbedanken. Aber im Ernst: Lenny ist losgezogen auf einen Geburtstagstrip, ganz allein. Ihr kennt ja ihn und seinen Dickkopf! Ich soll euch alle schön grüßen! Und nun feiert ohne ihn. Feiert ihn und natürlich auch euch selbst!«
Sie winkte ins Publikum, redete kurz mit den Musikern und ging von der Bühne.
Ein paar Leute lachten, andere schüttelten verwundert den Kopf.
Die Musiker stellten ihre Instrumente ab und warfen die Musikkonserve an, ein Hitpotpourri aus den vergangenen fünfundsechzig Jahren, das den Abend musikalisch ausklingen lassen sollte.
Die drei ??? hatten sich um einen der Tische gestellt und steckten die Köpfe zusammen.
»Justus! Du hast uns eben gar nicht richtig gefragt!«, beschwerte sich Peter.
»Ob ihr heute hierbleiben wollt? Aber das wollt ihr doch!«
»Darum geht es nicht, Just! Du kannst nicht einfach immer für uns mitentscheiden!«

»Aber wenn ich doch sowieso schon weiß, was ihr …«
»Justus!«
»Okay, okay! Wollt ihr Sue Tamaras Auftrag annehmen und den Fall untersuchen?«
»Na klar«, sagte Bob.
»Na gut, ich bin auch dabei«, sagte Peter. »Aber wieso bist du so sicher, dass es ein Fall ist?«
»Weil ich an Lennys freiwilliges Verschwinden einfach nicht glaube!«, sagte Justus. »Überlegt doch mal. Lenny erscheint auf dem Schrottplatz und überreicht uns dieses Päckchen. Er macht Bemerkungen über sein Interesse an Detektivarbeit. Er kündigt eine Überraschung an. Dann hat er diesen seltsamen Unfall. Und schließlich führt er seinen Trick bei dem falschen Lied durch. Zurück bleibt ein auf dem Computer geschriebener Abschiedsbrief.«
»Du glaubst, dass sein Wagen manipuliert war?«, fragte Peter.
»Allerdings! Und ich habe auch eine Ahnung, wo der Eingriff passiert sein könnte!«
Justus konnte seine Gedankengänge nicht vollenden, da Tim Durnell an den Tisch trat. An seiner Schläfe klebte ein riesiges Pflaster. Nichtsdestotrotz hielt er schon wieder einen Drink in der Hand. »Toll, dass der Mistkerl weg ist«, sagte er und hob das Glas.
»Lenny?«, fragte Bob zurück. »Wissen Sie vielleicht mehr über seinen – Abgang?«
Tim hob abwehrend die Hände und sein Drink schwappte über. »Ich? Meint ihr, ich habe was damit zu tun? Nee, Leute … Aber von mir aus braucht er nicht wieder aufzutau-

chen. Und da bin ich wahrlich nicht der Einzige, der das denkt!« Durnell senkte die Stimme. »Sogar seine eigene Band hat doch immer wieder Stress mit ihm. Ron, Joe, Keith, alle! Nach außen heile Welt, aber nach innen … Die wollten sich sogar mal auflösen als Band! Ging um Geld und so.« Er stoppte plötzlich und starrte in den Nachthimmel.

»Erzählen Sie weiter!«, drängelte Justus.

Durnell schüttelte den Kopf. »Nein, nein, muss ja nicht alles stimmen, was man so hört. Ich hab nix gesagt, Leute! Ich will keinen Ärger, hab schon genug am Hals. Und danke für eure Hilfe eben, Jungs.«

»Keine Ursache.«

»Ach Mann, ich hau ab. Mein Kopf brummt wie blöd!«

»Lassen Sie sich besser fahren«, schlug Justus vor.

»Ich weiß, ich weiß. Aber das ist kein Problem, Mister Clayton nimmt mich mit.«

»Der Mann im Satinanzug?«, fragte Justus.

»Ja, genau. Hab ihn hier auf der Party kennengelernt. Der wusste gar nicht, warum er überhaupt eingeladen war. Vielleicht wird Lenny langsam senil. Wo steckt denn der gute Mann?« Tim sah sich um, entdeckte statt Clayton zwei Tische weiter Sax Sandler und wankte auf ihn zu.

Bob sah ihm nach. »Tut mir irgendwie leid, der Kerl. Wir müssen rausfinden, wer auf der Party gefehlt hat, als Durnell auf den Parkplatz ging.«

»Lenny war jedenfalls nicht da!«, sagte Justus.

»Lenny?«

»Er kam mir entgegen, als ich zur Toilette ging. Entgegen, versteht ihr? Also kam er nicht vom Fest!«

Der falsche Kellner

»Du meinst, Lenny hat Durnell aufgelauert und sich bei ihm für diesen Angriff gerächt?«, fragte Peter und stützte sich mit den Armen auf den Cocktailtisch. »Also, ich weiß nicht …«
Gerade lief ein Song aus den Siebzigern. Einige der Gäste orderten fröhlich Bier, andere bereiteten sich bereits zum Aufbruch vor. Der Wind war frisch geworden und auch Peter hatte seine Jacke angezogen.
Justus zuckte mit den Schultern. »Ich weiß es doch auch nicht, Peter! Das mit Lenny und Durnell kann ein Zufall sein. Aber es ist noch lange nicht das Einzige, was mich zum Nachdenken bringt. Habt ihr euch die Leute von B&Lunch angeschaut?«
»Die hübsche Bedienung?«, fragte Peter. »Natürlich! Da vorne läuft sie ja, ich könnte direkt noch was zu trinken gebrauchen!«
Justus sah ihn genervt an. »Ich meine *alle*. Alle von B&Lunch. Ich sehe schon, das habt ihr nicht. Aber zum Glück bin ich ja da.« Justus beugte sich vor. »Ihr erinnert euch doch daran, dass Onkel Titus gefragt hat, zu wie vielen sie hier den Service machen?«
»Ja. Und die Bedienung hat das in den falschen Hals bekommen.«
»Genau, aber darum geht es mir nicht. Sie sagte, sie seien fünf. Fünf Personen. Während ich mich hier umgesehen habe, sind mir aber sechs verschiedene Personen mit einem weißen Jackett aufgefallen! Drei Frauen und drei Männer!«

»Du meinst, sie hat gelogen?«, fragte Peter.
Bob schüttelte den Kopf. »Nein. Justus will damit sagen: Es hat sich noch jemand hineingeschmuggelt!«
»Ja. Das ist meine Vermutung. Wieder so eine Merkwürdigkeit. Ich schlage vor, als Nächstes befragen wir die Mitglieder von *Moonlight Star*. Die müssen doch wissen, was auf der Playlist stand und ob *Wonderful Dream* der letzte geplante Song gewesen ist!«
Die hübsche Bedienung kam vorbei, Peter lächelte sie an und schnappte sich eine Cola von ihrem Tablett.
In dem Moment schälten sich Onkel Titus und Tante Mathilda aus der Menge. »Da seid ihr ja!«, rief Justus' Onkel. Er hielt ein halb ausgetrunkenes Bier in der Hand, das er nun auf den Tisch stellte. »Wir wollten demnächst fahren, nachdem sich Lenny auf so seltsame Art verdrückt hat. Wie ich höre, wollen die Herren uns nicht begleiten?«
»Nun, wir erhielten die Einladung, noch eine Nacht auf dem Anwesen zu verbringen. Eine Nacht auf Moonlight Star! Das kann man kaum ausschlagen«, sagte Justus.
»Aber ihr habt doch gar keine Zahnbürsten dabei!«, warf Tante Mathilda energisch ein. »Und was ist mit Schlafanzügen?«
»Ach, Tante! Zur Not …«
»An Zahnbürsten wird es hier bestimmt nicht scheitern«, sagte Onkel Titus schnell. »Jungs, ich bin stolz auf euch, dass ihr Sue nach dem Fest beim Aufräumen helfen wollt, jetzt, wo Lenny nicht da ist!«
»Äh, ja, klar!«, sagte Justus.
»Das ist doch selbstverständlich«, ergänzte Bob.

»Tun wir in Ihrem Gebrauchtwarenhandel ja auch immer«, sagte Peter.
Tante Mathilda starrte den Zweiten Detektiv an. »Aber erst, nachdem ich euch hundertmal dazu aufgefordert habe! Nun gut. Ich möchte eure Hilfsbereitschaft ja nicht herabsetzen. Wann seid ihr dann morgen wieder zurück?«
»Es wird bestimmt spät nachher!«, sagte Justus. »Morgen, so gegen Mittag?«
Seine Tante nickte. »In Ordnung. Ich backe eure Lieblingspizza«, sagte sie.
»Danke, Tante. Und jetzt müssen wir leider was erledigen. Kommt, Freunde«, drängelte Justus. Er hatte entdeckt, dass die drei Musiker noch unter sich waren. In wenigen Momenten wären sie wahrscheinlich von neugierigen Gästen umlagert und es würde schwer sein, an sie heranzukommen.
»Geh schon, Justus«, sagte Tante Mathilda. »Ich bin von alledem ohnehin ziemlich müde. Komm, Titus!«
Sie verabschiedeten sich und Justus zog seine Freunde sofort in Richtung Bühne.
Dort standen jetzt nur noch der Gitarrist und der Bassist zusammen. Der muskelbepackte Keith hatte sich soeben abgeseilt. Die beiden Musiker diskutierten heftig.
»Hi!«, sagte Justus.
Ron trat einen Schritt zur Seite. »Hi«, sagte er unwillig. Aus seinen scharf geschnittenen Augen starrte er Justus abweisend an. Die Störung schien ihm nicht zu passen. Dann fiel sein Blick auf Bob und seine Miene erhellte sich ein wenig. »Arbeitest du nicht bei Sax Sandler?«
Bob nickte. »Immer mal wieder, ja. Für *Moonlight Star* habe

ich auch schon einen Gig mitorganisiert. Sie treten ja auch ohne Lenny auf.«

»Genau! Das werden wir von nun an wohl wieder tun müssen! Danke, Lenny, danke!« Er lachte bitter und überprüfte das Gummi an seinem Zopf.

»Lenny hat Sie also genauso überrascht wie uns und das Publikum?«, fragte Bob.

»Allerdings! Er hätte ja mal was sagen können! Lässt uns dastehen wie Vollidioten!«

»Er wollte beim *Hobbit Song* verschwinden«, ergänzte Morning-Joe. »Und dann wieder aus dem Brunnen auftauchen und 'ne knackige Rede halten!«

»Also passierte alles einen Song zu früh?«

»Genau genommen zwei Songs«, sagte Morning-Joe. »Er hatte noch eine Nummer dazwischen geplant!«

Interessiert merkte Justus auf. »Zwischen *Wonderful Dream* und *The Disappearing of a Hobbit* sollte es ein weiteres Lied geben?«

»So ist es.«

Ein Kellner von B&Lunch kam vorbei und die beiden Musiker nahmen ein Bier. Bob versuchte, sich das Gesicht des Kellners zu merken. Wenn man irgendwo unter Leuten sein und trotzdem nicht auffallen wollte, dann als Bedienung. Die meisten Gäste sahen über sie hinweg und beachteten sie nur in ihrer Funktion, nicht als individuelle Menschen.

»Was war das für ein Song?«, fragte er.

»Eine typische Lenny-Überraschung!«, sagte Morning-Joe. »Er war ganz neu. Eine Ballade. Wir haben die Nummer erst seit drei Tagen geprobt. Aber Lenny war ganz wild drauf!«

»Worum ging es in dem Text?«, fragte Bob.
»Mann, wir haben das vielleicht drei-, viermal gespielt, was meinst du, Ron?«
Ron blickte mürrisch in der Gegend umher und sagte: »Hab nicht so genau hingehört. Musste mich ziemlich auf meine Riffs konzentrieren. Irgendetwas mit einem Typen, der im Knast sitzt und sich bei seinem Bruder entschuldigt.«
»Er hieß jedenfalls *La-La-Song*«, sagte Morning-Joe. »Oder so ähnlich.«
Die drei ??? sahen sich an. Der *La-La-Song*! Das Lied war unter den Papieren in dem Paket gewesen. Es konnte einfach kein Zufall sein.
»War's das, Jungs? Dann geh ich mal rüber zu Annie«, sagte Ron und wandte sich ab.
»Einen Moment noch!«, bat Justus.
Doch Ron hörte schon nicht mehr hin.
»Shit, das alles«, sagte Morning-Joe. »Die arme Sue!«
»Ja, sie ist ziemlich durcheinander«, sagte Justus. »Es gab also keine Anzeichen, dass Lenny einfach abhauen wollte?«
»Nein. Aber Lenny ist auch ein harter Brocken. Manchmal legt er sich was in seinem Kopf zurecht und rückt erst im letzten Moment damit raus. Das kann schon nerven!«
»Kenne ich irgendwoher«, sagte Peter.
Justus warf ihm einen Seitenblick zu.
»Trotzdem«, redete Morning-Joe weiter, »das passt irgendwie nicht. Warum wollte er dann unbedingt, dass wir den neuen Song proben?« Er nahm einen langen Schluck. »So, Jungs, nun quatscht aber bitte ein paar andere Leute voll! Ich geh mal rüber zu meiner Frau! Die ist stinksauer! Der Kerl

hat sich noch nicht mal für unser Geschenk bedankt!« Der Bassist kratzte sich an seinem Haarkranz und zog ab.
Die drei ??? waren wieder unter sich.
»Das Ganze wird immer seltsamer«, sagte Justus. »Eigentlich gibt es nur zwei Möglichkeiten. Entweder liegt alldem ein Verbrechen zugrunde oder Lenny hat etwas vor, bei dem er sogar seine engsten Vertrauten getäuscht hat.«
»Aber wie sollen wir da weiterkommen?«, fragte Peter.
Bob sah an ihm vorbei auf die leere Bühne. »Wir müssen alle Fakten zusammentragen, die wir haben«, sagte er. »Vielleicht ergibt sich dann ein Zusammenhang, den wir jetzt noch nicht sehen. Vor allem sollten wir uns diesen *La-La-Song* ansehen. Du hast den Text doch abfotografiert, Justus. Hast du die Bilder dabei?«
Justus schüttelte den Kopf. »Leider nein.«
»Schade. Dann also morgen. Und wenn die Gäste gegangen sind, schauen wir uns ausgiebig auf Moonlight Star um.«
»Das wird bestimmt eine lange Nacht!« Peter, der mit dem Rücken zur Bühne stand, verdrehte die Augen und gähnte. »Dabei wollte ich morgen den ganzen Tag Mathe lernen!«
»Hä?«, machten Justus und Bob gleichzeitig.
»War nur ein Scherz, Freunde! Eigentlich möchte ich in Malibu surfen gehen! Die Wellen sollen gigantisch werden!« Er sah verträumt nach oben und schien plötzlich irgendwie zu erstarren.
»Peter, ist dir schlecht?«, fragte Bob.
Der Zweite Detektiv sah immer noch nach oben. »Da ist eine Überwachungskamera, Kollegen«, sagte er. »Die muss doch alles aufgenommen haben!«

Videostar

Justus und Bob drehten sich um und sahen nach oben. Tatsächlich! Die Kamera hing am Blockhaus, direkt unter dem Dach. Ihr Objektiv war auf die Bühne gerichtet.
»Dann hoffen wir mal, dass die Kamera auch eingeschaltet war«, sagte Justus. »Vielleicht finden wir einen Hinweis, der uns weiterbringt, wenn wir die Aufnahmen durchgehen!«
Sie sahen sich nach Sue Tamara um, doch die Hausherrin war in ein intensives Gespräch mit dem Gast verwickelt, der Justus bereits bei der Ankunft aufgefallen war: Mister Clayton, dem Mann im Satinanzug mit der protzigen Uhr. Wie Lenny war er schon etwas älter. Jetzt trug er eine goldene Brille, die mit Edelsteinen besetzt war.
Wieder kam die Bedienung vorbei. Justus nutzte die Chance für eine Frage. »Entschuldigung, Sie sagten vorhin, Sie seien zu fünft heute Abend?«
»Von B&Lunch? Ja, das stimmt.«
»Ich vermute, drei Frauen und zwei Männer?«
»Korrekt«, sagte die Frau und sah Justus misstrauisch an. »Warum willst du das wissen?«
»Mir waren drei verschiedene Männer mit einem weißen Jackett aufgefallen.«
»Gut beobachtet! Einer der Gäste sieht wirklich ein wenig aus wie wir. Aber er gehört nicht zu uns! Vorhin hat sich der Kerl sogar ein Tablett mit Gläsern geschnappt und ist damit durch die Leute gezogen, aber ich habe ihm gesagt, wir machen das schon! Immer diese ungeduldigen Gäste …«

»Ist der Mann noch da?«

»Ich habe ihn schon eine Weile nicht mehr gesehen. War es das?« Sie wendete sich ab, um weiterzugehen.

»Danke«, sagte Justus und wartete, bis sie außer Hörweite war. Dann grinste er seine Freunde vielsagend an. »Hab ich es euch nicht gesagt?«

»Wie sah der Mann aus?«, fragte Peter.

»Ich habe ihn leider nur zwei Mal gesehen, und das von Weitem. Die Jacke erschien mir aber ein wenig anders zu sein als die der echten Kellner.«

»Wir könnten uns nach ihm umschauen«, schlug Bob vor. »Und außerdem hast du uns noch nicht berichtet, wo Lennys Auto manipuliert worden sein kann.«

Justus sah seinen Freund herausfordernd an. »Stimmt, das habe ich ganz vergessen zu erzählen. Also. Was vermutest du?«

»Wenn du so fragst …« Bob überlegte. »Vom Gebrauchtwarencenter aus fuhr er vermutlich direkt hierher. Na klar! Dann war es bei … uns?«

»Korrekt, Bob! Erinnert ihr euch an den Mann, der in den Büchern gestöbert hat, als wir uns mit Lenny unterhalten haben?«

Bob nickte, nur Peter hatte ihn nicht bemerkt.

»Ich hatte den Eindruck, dass in dessen Auto noch eine zweite Person war«, fuhr Justus fort. »Die Sicht auf Lennys Pickup war durch diesen Wagen verdeckt. Es wäre daher möglich gewesen, dass sich die zweite Person unbemerkt an Lennys Auto zu schaffen gemacht hat! Nur leider können wir das nicht mehr überprüfen.«

Es dauerte noch über eine Stunde, bis alle Gäste aufgebrochen waren. Zuletzt hatten sich die drei Musiker aus Lennys Band verabschiedet.

Herzhaft gähnend boten Justus, Peter und Bob ihrer Gastgeberin an, beim Aufräumen zu helfen. Aber viel war gar nicht zu tun. Die Angestellten von B&Lunch erledigten das meiste, und am nächsten Morgen, so sagte Sue, würde eine andere Crew die Partymöbel einsammeln und verstauen.

Inzwischen waren die drei ??? hundemüde, doch das sollte sich ändern, als sie mit Sue Tamara bei einer eiskalten Cola auf der Ledercouch in dem riesigen Wohnraum saßen. Immer noch knisterte das Feuer im Kamin und die Wände des Blockhauses strahlten eine rustikale Gemütlichkeit aus. Nun fragte Justus nach dem, was ihn zurzeit am meisten interessierte.

»Ja«, bestätigte Sue, »die Kamera war eingeschaltet!«

»Ich dachte, Mitschnitte aller Art seien verboten«, warf Peter ein.

Sue nickte. »Ja, was die Gäste angeht. Und hauptsächlich geht es dabei um deren eigenen Schutz. Lenny möchte nicht, dass hinterher irgendwelche privaten Dinge im Internet auftauchen. Immerhin sind hier einige Berühmtheiten versammelt und die Verführung dazu ist groß! Auch deswegen hat er außer einem engen Freund, der Musikjournalist ist, keine Presse eingeladen. Aber sein Konzert, das wollte er für sich dokumentieren. Wie steht es eigentlich mit euch? Habt ihr wirklich keine Aufnahmen gemacht? Seid ehrlich!«

»Aber nein«, sagte Justus. »Schließlich sind wir hier Gäste und wissen die Einladung ausgesprochen zu schätzen!«

Sue lachte. »Nicht jeder weiß sich so zu benehmen.«
»Wir würden die Aufnahmen der Kamera gerne ansehen«, sagte Justus. »Vielleicht finden wir einen Hinweis.«
»Kein Problem! Kommt mit!«
Sie verließen den Wohnraum. Als sie den Flur entlanggingen, zählte Sue auf, welche Zimmer sie passierten. »Arbeitszimmer, ein komplettes Tonstudio, und hier ist ein kleiner Sicherheitsraum, in dem auch die Daten der Kameras festgehalten werden.«
»Es gibt mehrere Kameras?«, fragte Peter.
»Zwei im Eingangsbereich, die aber nur auf das gerichtet sind, was vor dem Tor passiert. Ansonsten noch eine nach hinten hinaus bei dem Weg zu Rons und Joes Haus. Lenny übertreibt es nicht mit diesen Maßnahmen.«
Sie betraten den kleinen Raum, in dem vor der dunkelbraunen Blockhauswand ein Terminal mit einem Bildschirm aufgebaut war. Sue wies auf den einzigen Stuhl, der vor dem Bildschirm positioniert war. »Leider nur für einen von euch, für den Rest gibt es Stehkino.«
Justus räusperte sich, nahm Platz und nickte Peter zu. »Bediene du bitte die Anlage.«
»Dann zeige ich euch, wie das geht«, sagte Sue. »Während ihr arbeitet, versuche ich noch einmal, Lenny auf dem Handy zu erreichen. Er hebt einfach nicht ab!«
Als Sue kurze Zeit später den Raum verlassen hatte, begannen die drei ??? mit ihrer Analyse. Zunächst ließen sie die Daten im Zeitraffer durchlaufen, um sich einen Überblick über das Material zu verschaffen. Die Aufnahme begann etwa eine halbe Stunde vor Eintreffen der Gäste und endete

mit dem Abbruch durch Sue vor wenigen Augenblicken. Die ganze Zeit über war die Kamera starr auf die Bühne gerichtet. Alles, was dort passierte, hatte sie im Blick, die Gäste jedoch leider nicht. Nur wenn jemand direkt am Rand der Bühne vorbeiging, geriet der Kopf von unten ins Bild.

»Schade«, sagte Justus. Er hatte auf mehr gehofft. »Peter, starten wir bitte noch mal von vorn. Immer, wenn sich etwas tut, geh auf Realgeschwindigkeit. Ich schlage vor, ich achte beim Konzert gezielt auf Lenny. Bob, du schaust auf alles, was Lenny gerade *nicht* betrifft, vor allem auf Morning-Joe. Und du, Peter, achtest auf Keith und Ron.«

Sie sahen sich alles ein zweites Mal an. Bevor das Konzert begann, ließen sie den Film wieder im Zeitraffer ablaufen. Immer, wenn jemand durchs Bild lief, verlangsamte Peter das Tempo. Mister Clayton war zu sehen und Justus beschloss, Sue Tamara nach ihm zu fragen. Verschiedene andere Personen tauchten auf.

»Halt!«, rief Justus plötzlich. »Das ist er!«

Kopf und Kragen eines Mannes waren am unteren Bildrand aufgetaucht. Der Kragen eines weißen Jacketts.

»Kannst du das vergrößern?«

»Moment, Just.«

Mit dem Zoom wurde das Bild zwar etwas unschärfer, doch man konnte das Gesicht immer noch ganz gut erkennen. Der Mann musste um die sechzig sein und trug eine abgedunkelte Brille. Er kratzte sich gerade am Ohr. Ein großer Fingerring reflektierte das Licht und blitzte in die Kamera.

»Der falsche Kellner«, sagte Justus. »Entweder ist er ein Gegner von Lenny oder aber sein Verbündeter!«

»Ich mache ein Foto«, sagte Peter und klickte auf die Maus. »Ich kann es ausdrucken, wartet.«
»Okay, weiter!«, sagte Justus, als das Blatt aus dem Drucker zum Vorschein kam.
Schließlich betrat Lenny die Bühne und hielt seine Rede. Dann erschienen die Musiker und das Konzert begann. Peter ließ es schneller laufen, bis zu dem Moment, in dem Lenny die letzten Songs ankündigte und auf Peters T-Shirt zeigte. Er reduzierte das Tempo, stellte den Ton auf Zimmerlautstärke und ließ die Szene in Echtzeit durchlaufen. Der Nebel setzte ein, Lenny sang *Wonderful Dream.* Nun ging Peter auf Slow Motion. Plötzlich öffnete sich der Boden unter Lenny. Der Sänger riss die Arme nach oben und ließ das Mikro fallen. Peter stoppte.
Sie betrachteten das Bild. »Sieht aus, als ob er überrascht worden wäre«, sagte Bob. »Schau in sein Gesicht!«
»Das kann aber auch daran liegen, dass er weiß, dass es gleich bergab geht«, sagte Peter. Er ließ die Szene ein paarmal hin- und herlaufen. Es blieb der Eindruck, dass Lenny nicht mit dem Fall gerechnet hatte.
»Ist euch bei den anderen etwas aufgefallen?«, fragte Justus.
Bob und Peter schüttelten den Kopf. Sie schauten sich die Szene noch mehrfach an. »Ron hat die Augen geschlossen und spielt Gitarre, Morning-Joe zupft seinen Bass, starrt dabei gedankenversunken in Richtung Lenny, und Keith schlägt auf seine Drums, schaut kurz nach Lenny und trommelt weiter.«
»Er schaut zwei Mal zu Lenny!«, sagte Justus. »Dann passiert es.«

Peter nickte. »Und Morning-Joe sieht ihn die ganze Zeit an. Warum auch nicht. Sie sind 'ne Band!«
»Hm.«
Um sich besser auf die Bilder konzentrieren zu können, schalteten sie den Ton ganz ab und sahen sich das weitere Geschehen an: Wie Sue auf die Bühne kletterte, die Fernbedienung aufnahm, den Mechanismus betätigte und den Sitzkasten wieder hochfuhr.
»Wo kommt eigentlich die Fernbedienung her?«, fragte Bob. »Lag die vorher schon da?«
»Gute Frage, Bob!« Peter spulte zurück und vor und zurück. »Auf der Bühne lag sie nicht. Lenny muss sie in der Jacke gehabt haben«, sagte er. »Im Nebel hat er sie herausgezogen und den Mechanismus betätigt. Als er bergab rutschte, hat er sie einfach fallen lassen. Sie glitt auf die Bühne. Schließlich verzog sich der Nebel und sie lag da. Sue nahm sie auf. So müsste es gewesen sein.«
»Das glaube ich nicht!«, rief Bob. »Lenny hat sie doch gar nicht in der Hand, als er die Arme hochreißt!« Bob ging an das Pult, nahm Peter die Maus ab und fuhr die Szene zurück. »Da. In der einen Hand hält Lenny das Mikro, die andere liegt irgendwie im Dunst auf seinem Knie, aber mit der macht er doch gar nichts! Und plötzlich geht der Mechanismus los. Das war nicht Lenny!«
Justus nickte. Es war, wie Bob gesagt hatte. Lenny saß auf der Kiste und sang sein Lied. Er wirkte vollkommen entspannt. Eine Hand hielt das Mikro. Die andere lag auf seinem Bein, wenn auch nur schemenhaft erkennbar. Aber sie bewegte sich nicht. Da öffnete sich der Boden und Lenny

rutschte weg. Der Nebel verzog sich. Und plötzlich lag die Fernbedienung da.
»Aber wenn Lenny die Fernbedienung nicht benutzt hat, wer dann?«, fragte Bob. »Ein Helfer? Ein Gegner? Und wie kommt das Ding plötzlich auf die Bühne?«
Sie sahen sich die Szene noch ein paarmal an. Doch sie fanden keine Antwort.
»Mir brennen die Augen!«, sagte Peter schließlich. »Heute werden wir das nicht mehr lösen.«

Schatten in der Nacht

Die drei ??? schalteten die Geräte aus und verließen den Sicherheitsraum. Auf dem Flur kam ihnen Sue Tamara entgegen. »Und? Habt ihr etwas herausgefunden?«

»Die Fragezeichen nehmen leider zu, statt dass sie sich klären«, sagte Justus. »Sue, wer ist eigentlich dieser Mister Clayton, der auf der Party herumgelaufen ist und jedem erzählt hat, er wisse gar nicht, wie er zu der Ehre der Einladung gekommen ist?«

»Lenny wollte ihn unbedingt hier haben!«, sagte Sue. »Das war ihm ganz wichtig! Ich weiß nicht, warum. Er ist irgendein einflussreicher Kerl. Unangenehmer Typ! Genau von der Sorte, über die sich Lenny normalerweise lustig macht!«

»Sie haben sich mit ihm länger unterhalten?«

»Unterhalten ist gut!« Sie lachte verächtlich. »Das war eher ein Monolog darüber, warum er seinen Job gekündigt hat und sich nun selbst verwirklicht!«

Justus nickte. »Und kennen Sie diesen Mann?« Er hielt Sue das Bild von dem falschen Kellner hin.

Sie nahm das Bild und schaute drauf. »Keine Ahnung. Einer von B&Lunch?«

»Eben nicht. Die Kellner kennen ihn nicht. Meine Vermutung ist, dass der Mann sich unter die Gäste geschmuggelt hat. Außerdem gehen wir davon aus, dass Lenny den Mechanismus der Rutsche nicht selbst ausgelöst hat. Wissen Sie, wo während der Show die Fernbedienung positioniert war?«

Sue Tamara sah Justus überrascht an. »Er hat nicht selbst …? Nun, genau kann ich es euch nicht sagen. Entweder trug er sie bei sich oder er hat sie vorher irgendwo auf der Bühne versteckt. Da müsst ihr Ron fragen.«

»Das werden wir morgen tun«, sagte Justus. »Ich schlage vor, wir gehen jetzt ins Bett. Ach, zwei Fragen habe ich noch: Sagt Ihnen ein gewisser *La-La-Song* etwas?«

»Ihr bietet mir ja eine Überraschung nach der anderen. Nein. Nie gehört! Ist der von Lenny?«

»Und wie war Ihr Verhältnis zu Lenny in letzter Zeit?«, wollte Justus wissen, ohne Sues Frage zu beantworten.

Sue Tamara sah Justus an, als hätte er sie gefragt, ob sie ihm netterweise das Haus schenken wolle. »Was geht dich das …«

»Es tut mir leid, wirklich«, sagte Justus. »Aber das ist alles sehr kompliziert. Wissen Sie, ich vermute, da spielt sich eine ganz eigene Geschichte ab!«

»Einen Dickkopf hatte Lenny immer«, sagte Sue und fuhr etwas kühler fort: »Wir hatten ein paar Diskussionen während der letzten Tage. Da rief ein Kerl an, der behauptet hat, er sei Lennys Sohn.«

»Wie alt war der Anrufer?«

»Na, vielleicht so etwa wie ihr?«

»Und dann?«

»Lenny konnte sich das nicht vorstellen. Er wollte sich aber darum kümmern.«

Justus holte Luft. »Okay. Entschuldigen Sie bitte noch einmal mein Insistieren, Sue. Aber ich muss mir ein möglichst genaues Bild verschaffen.«

»Schon gut«, sagte Sue friedlich. »Ich zeige euch jetzt, wo euer Zimmer ist.«
Dazu mussten sie in den anderen Flügel des Hauses. Dort im ersten Stock lagen die Schlafzimmer mit jeweils angeschlossenen eigenen Bädern. Sue Tamara führte die drei ??? in einen großen Raum, an dessen Seitenwand ein geschmackvoll bezogenes Kingsize-Bett stand. »Passt ihr da zu dritt rein? Ansonsten könnt ihr auch noch die Schlafcouch benutzen.«
»Schlafcouch klingt wunderbar«, sagte Peter. »Aufgrund bestimmter physikalischer Gegebenheiten wird Justus die Couch nutzen, Bob und ich bevorzugen das Bett!«
»Gerne. Frische Handtücher und Zahnbürsten liegen im Regal im Bad. Wann wollt ihr aufstehen?«
»Spät!«, sagte Peter.
»Früh!«, konterte Justus. »Wir werden am Morgen einen ausführlichen Rundgang machen. Eine Frage habe ich allerdings jetzt noch: Wie steht es eigentlich um die Atmosphäre in der Band? Gab es Spannungen? Streit?«
Sue gähnte matt. »Du bist einfach nicht kleinzukriegen, oder? Auch nicht weit nach Mitternacht! In so einer Band gibt es immer mal ein Auf und ein Ab, Justus. Im Moment verstehen sich die Jungs nicht so gut, keine Ahnung, warum. Abnutzungserscheinungen. Kennt ihr das nicht?«
»Nein«, sagte Justus. »Danke. Gute Nacht, Sue.«
»Gute Nacht, Jungs.«
Als Sue gegangen war, wollte Justus wissen, was Peter mit ›bestimmten physikalischen Gegebenheiten‹ gemeint hatte.
»Es geht um die Auswirkungen der Schwerkraft«, erklärte der Zweite Detektiv. »Wenn man mit dir zusammen im Bett

liegt, bildet sich neben einem ein Gefälle wie auf einer Achterbahn, weil …«
»Okay, reicht«, sagte Justus. »Ich nehme die Couch.«
Sie gingen nacheinander jeder kurz ins Bad und legten sich dann hin. Obwohl es spät war, konnte Peter nicht einschlafen. Zu viele Gedanken schossen ihm durch den Kopf. Draußen ging ein leichter Wind. Ab und zu schrie ein Nachtvogel. Das Holz im Haus knackte. Und war da nicht ein Geräusch im Türschloss? Peter versuchte, sich zu beruhigen, legte sich auf den Bauch und atmete langsam ein und aus. Er wusste, dass er mitunter sehr ängstlich reagierte. Langsam gingen die Gedanken in Bilder über, die wie ein Film in seinem Kopf abliefen. Ein Auto, das eine Felswand streifte. Ein Mann mit einem weißen Jackett und Pflaster am Kopf. Eine auf der Bühne herumrutschende Fernbedienung.
»Jemand wollte verhindern, dass Lenny den *La-La-Song* singt«, flüsterte Peter plötzlich wieder hellwach. »Hey! Schlaft ihr schon?«
Justus fing gerade an zu schnarchen. Neben Peter wälzte sich Bob auf die andere Seite und grunzte im Traum.
»Ja, ja, das macht es mir auch nicht leichter, dass ihr schon pennt!« Peter holte Luft, legte sich auf den Rücken und versuchte, an sein Surfbrett zu denken. Die nächste Welle, ja, die war es! Kurz anschwimmen, rauf aufs Brett …
Draußen schrie wieder ein Vogel. Weg war das Bild mit dem Surfbrett. Eine Eule, vermutete Peter. Nein, ein Käuzchen. War das ein Warnruf? Peter drehte sich auf die Seite und horchte. Das waren doch Schritte da draußen! Schritte auf Holz. Also auf der Bühne! Jetzt knarrte es leise.

Peter setzte sich auf und rieb sich die Augen. Vermutlich hatte er schon Halluzinationen. Aber die Schritte waren weiterhin zu hören. Vorsichtig zog Peter die Decke zur Seite und schlich zum nächstgelegenen Fenster. Die Bühne befand sich direkt darunter. Aber sie lag im Dunkeln.

Angestrengt starrte Peter hinaus. Wahrscheinlich hatte er sich getäuscht. Justus schnarchte friedlich und Bob lag still da und atmete ganz leise. Sollte er sie wecken? Auf einen reinen Verdacht hin? Gerade als er sich abwenden wollte, hörte Peter sie wieder, die Schritte. Ihm war, als ob sich ein Schatten bewegte, direkt unter seinem Fenster. Jetzt vernahm er ein anderes Geräusch, als ob eine Tür zugezogen wurde.

»Justus!«, zischte Peter und lief zur Couch. »Justus! Wach auf!«

»Hä?« Justus klappte die Augen auf und versuchte, sich zu orientieren.

»Da ist jemand vor dem Haus, Just!«

»Okay. Weck Bob!«

Wie der Blitz hatte Justus sich aufgerichtet und schlüpfte in seine Kleidung. »Licht auslassen!«, befahl er.

Peter schüttelte Bob wach, was gar nicht so einfach war. »Was ist denn los?«, beschwerte sich der dritte Detektiv ungehalten. »Wie spät ist es denn?«

Peter brauchte nicht zu antworten. Von irgendwoher, zunächst ganz leise und fast überhörbar, dann langsam anschwellend und lauter werdend, klang ein tiefes Brummen durch das Haus.

»Was ist das denn?«, fragte Bob erschrocken.

»Keine Ahnung«, flüsterte Peter. »Es kommt von unten.«

»Wir gehen der Sache auf den Grund«, sagte Justus. »Aber vorsichtig. Los, Kollegen.«
»Langsam, Just!«, sagte Bob und zog sich die Jeans über.
Sie schlichen aus dem Zimmer. Auf dem Flur war das Geräusch deutlicher zu hören. Es klang kraftvoll und dunkel. Dann begann leise etwas zu vibrieren. Justus schaltete die Taschenlampe ein und leuchtete hin. Es waren Gläser, die auf einer Kommode standen.
Plötzlich rüttelte jemand von innen an der gegenüberliegenden Tür. Doch sie ging nicht auf.
»Sue?«, fragte Bob.
»Was soll das denn? Habt ihr etwa die Tür abgeschlossen?«, rief Sue von innen. »Und überhaupt, was ist das für ein Geräusch?«
»Wir wissen auch nicht, was da vor sich geht«, zischte Bob und zog an der Türklinke. Die Tür war wirklich verschlossen. »Leuchte mal, Just.« Von außen steckte kein Schlüssel im Schloss. »Haben Sie denn keinen Schlüssel, Sue?«
»Nein. Wir schließen nicht ab. Bei euch im Gästezimmer ist ein Schlüssel, aber hier schon lange nicht mehr!« Ihre Stimme wurde höher. »Ich möchte hier raus, Jungs! Ich hasse es, eingesperrt zu sein!«
»Warten Sie«, rief Bob, »wir finden eine Lösung! Los, Peter, das Dietrichset!«
»Äh, ja.« Peter kramte in seiner Hose und förderte es zutage. Bob nahm Justus die Taschenlampe ab und leuchtete Peter. Vorsichtig steckte der Zweite Detektiv den Dietrich in das Schloss und suchte die richtige Stelle für den Widerstand. Aber es gestaltete sich schwieriger als gedacht.

»Mach schon!«, drängelte Justus.

Doch das bewirkte nur, dass Peters Bewegungen hektischer wurden.

»Es muss sich jemand im Haus verstecken«, sagte Justus. »Dieser Jemand hat Sue eingeschlossen und veranstaltet den Lärm da unten. Ich muss wissen, wer das ist! Und was er vorhat!«

Peter ließ von dem Schloss ab und drehte Justus den Kopf zu. »Am besten, wir rufen die Polizei, Justus!«

»Keine Polizei hier!«, rief Sue von der anderen Seite der Tür her. Sie hatte alles gehört. »Wer weiß, vielleicht spielt uns Lenny allen einen verrückten Streich. So langsam halte ich alles für möglich!«

»Und wenn es nicht Lenny ist?«, fragte Peter leise.

Nach wie vor war das Summen deutlich vernehmbar. Doch plötzlich verschwamm der Klang und eine Akustikgitarre schälte sich aus dem Ton heraus. Sie spielte ein den drei ??? unbekanntes Intro. Plötzlich setzte Gesang ein. Es war eindeutig die Stimme von Lenny!

»Ich wusste es doch!«, rief Sue aus dem Zimmer. »Was ist das für eine üble Nummer, Lenny!«

»Hey, Bruder, hey hey my my!«

Bob kamen die ersten Textzeilen vage bekannt vor. »Der *La-La-Song*!«, sagte er. »Ich glaube, das ist das Lied, das wir gestern in der Hand gehalten haben! Sitzt Lenny da unten und erlaubt sich einen bösen Scherz?«

»Vielleicht kommt das alles auch vom Computer«, sagte Justus und trat ungeduldig von einem Bein auf das andere. »Ich gehe nachschauen!«

»Justus!«, rief Bob entschieden. »Egal, wie neugierig du bist: Du bleibst hier! So lange dauert es nicht mehr!«
»Ich bin vorsichtig«, sagte Justus. »Ihr hört mich ja. Und kommt gleich nach!«
Ohne auf eine Antwort zu warten, drehte er sich um.
Schritt für Schritt tastete sich der Erste Detektiv den Flur entlang, bis er an die Treppe kam, die in den Wohnraum führte, der den einen Flügel des Hauses mit dem anderen verband. Ein seltsames rotes Licht drang zu Justus herauf, dessen Herkunft er sich nicht erklären konnte.

Schalldicht verpackt

Als Justus am unteren Ende der Treppe angekommen war, blieb er stehen und sah sich um. Durch ein großes, bodentiefes Fenster konnte man hinaussehen, dahin, wo die Bühne sein musste, doch Justus starrte nur in die Dunkelheit. Jetzt, da er hier unten war, sträubten sich ihm die Haare. Ihm war klar: Lenny, oder wer immer es auch war, würde irgendwo versteckt auf ihn lauern. Er wusste nur nicht, wo.

Justus wartete. Das Lied lief in einer Dauerschleife. Erst der Refrain, dann die Strophe:

»*Geboren da oben im Canyon.*
Gejammt und geraucht mit Byrdy und Keith.
Und Songs geschrieben ohne Ende,
damit es mit den Mädchen lief.«

Dann Gitarrenspiel und alles begann wieder von Neuem. Ständig wiederholten sich Refrain, erste Strophe und Gitarrenpart. Während der leisen Stellen des Liedes hörte Justus Peter am Schloss hantieren. Normalerweise brauchte er doch nicht so lange!

»Justus?« Das war Bob, der von oben rief.

»Alles okay, Dritter!«

»Sollen wir runterkommen? Peter ist allerdings noch nicht so weit!«

»Dann nicht!« Langsam tastete sich Justus in den Gang. Jetzt konnte er auch erkennen, woher das rote Licht stammte. Es fiel durch den Spalt der Tür, die zum Tonstudio führen musste.

Saß Lenny dadrin und sang sein Lied?
Justus schlich sich bis zur Tür und spähte hinein. Der Regieraum war in einem matten Rot beleuchtet und, soweit er von seiner Position aus sehen konnte, verlassen. Offenbar hatte jemand die Anlage angestellt. Also kam der Song tatsächlich nur aus der Konserve! Aber was sollte das alles?
Justus wartete. Er hörte, wie oben die Tür aufging. »Danke, Jungs«, sagte Sue Tamara. Peter hatte es geschafft. Dann setzte wieder der kräftige Refrain des *La-La-Songs* ein. Justus zog die Luft ein. Die anderen würden gleich da sein. Er konnte es wagen.
Sachte schob er die Tür weiter auf. Das Mischpult kam jetzt vollständig ins Blickfeld, linker Hand davon eine Glasscheibe, hinter der sich ein vermutlich schalldichtes Zimmer befand: der Aufnahmeraum.
Auf einem Monitor flackerten mehrere Signalanzeiger. Ganz langsam betrat Justus den Raum.
Etwas Helles blitzte auf. Es blendete Justus. Fast gleichzeitig spürte er einen Schlag. Justus sank zu Boden. Er hatte den undeutlichen Eindruck, dass hinter ihm die Tür ins Schloss fiel. Jemand beugte sich über ihn. Dann verschwammen die Bilder im Nichts.

Er wusste nicht, wie lange er dort schon lag. Gefesselt war er nicht, wie Justus erleichtert feststellte. Aber wo befand er sich? Und warum? Sein Kopf schmerzte. Justus wollte auf seine Uhr sehen, doch die war merkwürdigerweise nicht da. Er versuchte nachzudenken. Was war passiert? Und warum lag so ein seltsamer Druck auf seinen Ohren? Oder anders gesagt, warum hörte er kaum etwas, selbst wenn er sich bewegte? »Wo bin ich?«, sagte er. Es klang seltsam. »Peter? Bob?« An den Wänden klebte so ein schaumstoffartiges Zeug … Endlich wurde es ihm klar: Er lag auf dem Boden des schalldichten Aufnahmeraums und hatte Kopfhörer auf! Justus zog sie sich von den Ohren und richtete sich auf. In die Wand war eine Glasscheibe eingelassen, durch die er in das Tonstudio sehen konnte. Schwaches, rötliches Licht leuchtete.

Vor dem Mischpult saß … Lenny. Die Haare hatte er zu einem Zopf zusammengebunden. Regungslos starrte er auf das Pult. Justus schien es, als umspielte ein hämisches Lächeln seine Lippen, doch genau konnte er es nicht erkennen. Dazu war das Licht zu diffus. Bemerkt hatte der Musiker Justus offenbar nicht.

»Lenny, was soll das?«, fragte Justus. Er ließ sich wieder zu Boden sinken und krabbelte zum Ausgang des Aufnahmeraums. Vorsichtig hob er seinen Arm und drehte am Türknauf. Abgeschlossen!

Na klar!

Plötzlich ging das Licht aus.

Peter drehte den Knauf von Sue Tamaras Tür. Sie ließ sich öffnen! »Ich hab's«, sagte er stolz.

Sue Tamara trat heraus, in einem langen T-Shirt. »Danke, Jungs! Bin ich froh, dass ihr mich befreit habt.«

»Es war leider nicht ganz einfach«, erklärte Peter. »Der Unbekannte hat ein Drahtstück ins Schloss geklemmt. Das musste ich erst rausfummeln.«

»Lass uns das später klären, Zweiter«, sagte Bob. »Zuerst suchen wir Justus! Ich habe das Gefühl, dass er in Schwierigkeiten steckt.«
In dem Moment wurde das Lied leiser. Es klang plötzlich gedämpft.
»Los!«, rief Bob, »beeilt euch!«
Ohne jede Vorsichtsmaßnahme lief Bob, der immer noch die Taschenlampe hatte, zur Treppe und nahm die Stufen im Eiltempo abwärts. Peter folgte ihm, dann Sue. Erst als der dritte Detektiv den Wohnraum erreichte, stoppte er. In gedämpfter Lautstärke lief das Lied immer weiter.
»Geboren da oben im Canyon.
Gejammt und geraucht …«
Der *La-La-Song*! Er schien sich endlos zu wiederholen.
Bob leuchtete einmal hierhin, einmal dorthin. Eine Zimmerpalme geriet in den Lichtkegel, dann eine formschöne Hawaiigitarre, die an der Wand hing, ein großes, mit hartem Strich gezeichnetes Gesicht, das ihn an Bob Dylan erinnerte.
»Ich werde den Eindruck nicht los, dass uns die ganze Zeit jemand beobachtet«, flüsterte Bob.
Plötzlich flammte das Deckenlicht auf. Peter und Bob zuckten erschrocken zusammen.
Doch es war nur Sue Tamara, die den Lichtschalter betätigt hatte. »Lenny?«, rief sie. »Lenny? Ich höre dich doch! Wo steckst du, Lenny?«
Die beiden Detektive entspannten sich etwas. Doch die Frage blieb, wo Justus steckte. Hatte er das Haus verlassen?
Bobs Blick fiel durch das große Fenster hinaus in die Nacht. Moonlight Star lag in einer einsamen Gegend und war nicht

besonders gut gesichert. Im Licht waren sie von draußen für jeden Eindringling zu sehen.
»Sollen wir uns aufteilen?«, schlug Sue vor. »Dann können wir das Haus schneller absuchen.«
»Ich weiß nicht, ob das eine so gute Idee ist«, erwiderte Peter.
Doch Sue war nicht zu bremsen. »Einer geht in den Keller und sucht in der Garage und unter der Bühne. Ihr wisst ja, wo das ist. Der andere von euch nimmt sich den Gang mit dem Tonstudio vor. Und ich schaue in der Küche nach und im unteren Teil des Nordflügels.«
In diesem Moment erstarb das Lied – um im nächsten Moment wieder von Neuem zu beginnen. Doch nun schien der Sound von unten zu kommen.
»Im Keller ist jemand!«, sagte Bob. Sie standen ein paar Sekunden still, ohne zu wissen, wie sie reagieren sollten.
Da ging das Licht wieder aus!
Gleichzeitig wurde es schlagartig still.
»Es … Jemand hat die Sicherung rausgedreht!«, sagte Sue unsicher.
»Wo ist der Sicherungskasten?«, fragte Peter. »Draußen?«
»Das Anwesen ist zwar alt, aber wir haben alles umgebaut. Der Kasten befindet sich unten im Flur, direkt neben dem Eingang zur Garage!«
Bob schaltete die Taschenlampe ein. »Wer immer es auch ist, dieser Jemand will sich damit einen Vorteil uns gegenüber verschaffen!«, flüsterte er. »Das gefällt mir gar nicht!«
»Und nun, Sue?«, fragte Peter. »Doch die Polizei?«
»Ich weiß nicht. Eben, das war doch Lenny, der da unten gesungen hat. Und bis die hier ist …«

»Egal. Wir müssen Justus finden! Sofort!«, sagte Bob.
»Dann sucht ihn! Ich gehe runter nach Lenny schauen!«
»Sue!«, sagte Bob scharf. »Ich glaube …«
Doch Sue hatte sich schon an ihm vorbeigedrängt und tastete sich die Treppe nach unten. »Lenny?«, rief sie. »Lenny?«
Bevor Peter und Bob besprechen konnten, wie sie weiter vorgehen sollten, wurden sie aufs Neue überrascht.
»Wo bin ich?«
»Was war das, Bob?«, fragte Peter und drängte sich näher an seinen Freund.
Da hörten sie die Stimme wieder. *»Wo bin ich?«*
»Das ist doch Justus!«, rief Peter. »Das kommt aus dem ersten Stock! Wieso ist Justus plötzlich dort?«
»Vielleicht gibt es einen anderen Weg nach oben«, sagte Bob und leuchtete mit der Taschenlampe hektisch in der Gegend herum.
»Peter? Bob?« Eindeutig die Stimme von Justus.
»Hier!«, rief Bob. »Hier sind wir! Wo steckst du, Justus?«
»Peter? Bob?«
»Das kam doch jetzt aber … von unten!«, sagte Bob mit zitternder Stimme. »Wie …«
»Wo bin ich? Wo bin ich? Wo bin ich?«
»Jetzt war Justus direkt neben uns!«, schrie Peter. »Er wandert durch den Raum! Aber es ist niemand zu sehen! Was ist das bloß? Bob! Lass uns von hier verschwinden!«
Plötzlich erklang ein bizarres Gelächter, das ebenfalls durch den Wohnraum zu wandern schien. Hin und her und her und hin, schneller und schneller! Dann setzte der Song wieder ein.

Geboren da oben im Canyon.
Gejammt und geraucht mit Byrdy und Keith.
Und Songs geschrieben ohne Ende,
damit es mit den Mädchen lief ...

»Ruhig, Peter!«, rief Bob. »Ich glaube, ich weiß, was da los ist!« Er lief an die Wand des Blockhauses, hinter der die Bühne lag, und leuchtete über das große Fenster nach oben. »Siehst du? Da ist ein kleiner Lautsprecher! Und da unten noch einer ... da!« Er drehte sich um. »Und da! Da auch!«
Es war ihnen vorher nicht aufgefallen. Aber im ganzen Haus hatte Lenny Lautsprecher angebracht. Er musste ein Klangfanatiker sein, der sein Haus auf unterschiedlichste Art und Weise beschallen wollte.
»Aber es war doch Justus, der eben gesprochen hat!«, sagte Peter. »Warum über die Anlage? Und wieso funktioniert die Anlage überhaupt? Der Strom ist doch weg!«
»Wahrscheinlich eine eigene Stromversorgung«, sagte Bob. »Im Canyon kann die Elektrizität schon einmal ausfallen, davon will sich Lenny bestimmt nicht abhängig machen, wenn er gerade einen Song aufnimmt!«
»Dann ist Justus also im Tonstudio!«, schloss Peter. »Los!«
Bob wollte ihn zurückhalten. »Irgendetwas stimmt trotzdem nicht. Er klang irgendwie immer so ... gleich!«
Peter zog Bob in Richtung des Tonstudios. Seltsamerweise stand die Tür ein Stück weit auf. Peter blieb stehen. Soweit er sehen konnte, war der Raum leer. »Komm!«, flüsterte er. Sie traten ein. Im selben Augenblick ertönte ein Schrei. Er kam aus dem Keller. Es war Sue.

Diebstahl!

»Also, jetzt bitte noch einmal alles der Reihe nach!« Inspektor Cotta gähnte und wischte sich mit der Hand über das noch vom Schlaf zerknitterte Gesicht. Ruhig lenkte er seinen Polizeiwagen durch eine Linkskurve des Canyons. Inzwischen waren drei Stunden vergangen. Die Morgendämmerung hatte eingesetzt. Spätestens wenn sie den Schrottplatz erreichten, würde die Sonne den Horizont überschreiten.
Nun drehte die Straße in eine enge Rechtskurve. Auf dem Rücksitz des Wagens wurden die drei ??? heftig in die andere Richtung gedrückt. Sie stemmten sich nur halbherzig gegen die Fliehkraft, denn vor allem kämpften sie gegen die Müdigkeit.
»Bob und ich schlichen in das Tonstudio«, rang sich Peter zu einer Antwort durch. »Wir hörten den Schrei von Sue Tamara. Doch gleichzeitig tauchte der Typ, der wie Lenny aussah, mit der Pistole auf und bedrohte uns. Er hat uns zu Justus in die Schallkabine gesperrt.«
»Warum habt ihr nicht viel früher die Polizei verständigt?«, wollte Cotta wissen. »Gleich nach Lennys Verschwinden?« Doch statt die Antwort der drei ??? abzuwarten, sagte er fast im gleichen Atemzug: »Lasst mich raten! Justus hatte eine Handvoll an den Haaren herbeigezogener Gründe, es nicht zu tun!«
»Sie irren, Inspektor!«, protestierte der Erste Detektiv. »Wie kommen Sie bloß auf so etwas Abwegiges? Es war Sue Tamara, die bis zuletzt an einen Scherz glaubte.« Davon, dass die

Polizei bei Sue und Lenny nicht gerade angesehen war, sagte er besser nichts.

»Und warum änderte sie plötzlich ihre Einstellung?« Ohne Gas zu geben, ließ Cotta den Wagen die abschüssige Straße hinunterrollen, bis er vor der nächsten Kurve wieder abbremste.

»Weil der Lenny, der ihr in der Garage aufgelauert hatte, falsch duftete!«

»Wie … er duftete falsch?«

»Der Kerl sah zwar aus wie Lenny, doch er roch nicht so wie ihr Mann! Da wusste sie, dass er es nicht war. Und spätestens als dieser ›Lenny‹ Sue zu uns in die Kabine brachte, war klar, dass da etwas nicht stimmen konnte.«

»Weil im Regieraum ein zweiter Lenny wartete. Der, der euch drei eingesperrt hatte!«

»Korrekt!«, sagte Justus. »Ich tippe auf gut gearbeitete Silikonmasken. Lennys Band ist früher gelegentlich mit solchen aufgetreten.«

»Dann stecken eurer Vermutung nach also die Musiker dahinter?«, fragte Cotta.

»Oder nur eins der Bandmitglieder und Lenny selbst«, erklärte Justus. »Der könnte sich ja auch verkleiden. Oder es sind ganz andere Leute! Denn diese Masken kann sich jeder problemlos im Internet bestellen.«

»Verflixt!«, sagte Cotta. »Warum ist die Welt bloß immer so kompliziert!«

»Das kann ich Ihnen leider auch nicht beantworten, Herr Inspektor«, sagte Justus. Sie passierten Hidden Treasure. Tony Strummer, der Ladenbesitzer, schien noch zu schlafen.

Jedenfalls war kein Fenster des Hauses beleuchtet. »Nun waren wir zu viert im Aufnahmeraum eingesperrt«, fuhr Justus fort. »Es war ziemlich stickig dadrinnen. Und es dauerte eine ganze Weile, bis wir uns befreien konnten. Denn Peters Dietrichset …«

»Ihr benutzt ein Dietrichset?«, rief Cotta spontan aus.

»Eine reine Sicherheitsmaßnahme«, erklärte Justus schnell. »Es hat weniger die Funktion, in fremdes Eigentum einzudringen, als vielmehr, uns aus unangenehmen Situationen zu befreien!«

»Es hat weniger die Funktion *einzubrechen* …«, wiederholte Cotta grinsend. »Soso. Das deckt sich nicht ganz mit meinen Erfahrungen. Aber reden wir später darüber. Was war nun mit dem Dietrichset?«

»Der Draht war beschädigt«, sagte Peter, »von der Befreiungsaktion an Sue Tamaras Tür. Und plötzlich brach das Teil auch noch ganz ab …«

»Es dauerte fast eine Stunde, bis wir es geschafft hatten«, unterbrach Bob. »Dann gab es von den beiden Lennys natürlich keine Spur mehr!«

Cotta gab etwas Zwischengas. »Und wie kamt ihr auf die Idee mit dem Brunnen?«, fragte er. »Ihr konntet doch nichts hören in dem Studio!«

»Wir vermuteten, dass die beiden Lennys in Ruhe nach etwas suchen wollten und uns deswegen eingesperrt hatten«, übernahm Justus wieder. »Doch im Haus war alles aufgeräumt und an seinem Ort. Darum sahen wir unter der Bühne nach und Peter inspizierte den Gang zum Brunnen.«

Der Zweite Detektiv nickte. »Ich wollte mich schon wieder

abwenden. Aber dann fiel mir auf, dass der Müll auf dem Gitter des Brunnens weg war. Da sah ich mir die Sache näher an und entdeckte, dass die Metallbolzen des Gitters zersägt waren. Jemand hat unter dem Gitter nach etwas gesucht und es dann möglichst vorsichtig wieder eingehängt.«

»Wir wissen nicht, ob dieser Jemand gefunden hat, was er suchte. Wir wissen nicht, wer es war und um was es sich gehandelt hat. Ebenfalls ist uns unbekannt, ob Lenny alles geplant hat oder ob er aus dem Weg geschafft wurde, weil er bei der Aktion gestört hat«, sagte Justus. »Alles ist sehr mysteriös.«

»Keine Erklärung? Normalerweise bist du doch immer klüger als alle anderen!«, bemerkte Cotta trocken.

»In der Befindlichkeit befinde ich mich in der Tat des Öfteren«, erläuterte Justus, »aber zu meinem Leidwesen gibt es hin und wieder Ausnahmen von der Regel!«

Mittlerweile hatten sie das letzte Drittel des Canyons erreicht. Langsam wurde es richtig hell und der Verkehr auf der Straße belebte sich ein wenig. »Und diese Überwachungsvideos«, setzte Cotta wieder an, nachdem eine Weile keiner etwas gesagt hatte. »Auf dem einen sieht man also, wie der Chevrolet vom Gelände fährt. Eine Person sitzt am Steuer, doch man kann sie nicht erkennen. Wenn Lenny entführt worden ist, wo ist er und wo ist der zweite Täter? Im Kofferraum? Versteckt auf der Rückbank?« Cotta wartete auf einen Kommentar. Doch es blieb still. »Hallo?«, fragte er und drehte sich für einen kurzen Moment nach hinten. Die drei ??? waren eingeschlafen.

Geweckt wurden sie von Tante Mathildas Stimme. »Die Polizei?«, rief sie schrill. »Haben die Jungen etwas ausgefressen, Herr Kommissar?«

»Nur Inspektor, meine Werteste, Inspektor«, sagte Cotta und hob beruhigend die Hände. »Nein, Mrs Jonas. Alles in bester Ordnung. Zumindest mit den drei Jungs. Aber ich hätte ein paar Fragen an Sie und an Ihren Mann!«

»An *uns*?«

»Ja. Es geht um Ihre Beobachtungen in der Zeit, als Lenny von der Bühne verschwand.«

»Ach so, da ermitteln Sie jetzt? Na, das habe ich mir schon fast gedacht, dass das nicht mit rechten Dingen zuging. Das war vielleicht ein seltsames Ende des Konzerts! Titus liegt noch im Bett. Möchten Sie solange einen Kaffee?«

»Ein starker Kaffee wäre ein Traum«, sagte Cotta und gähnte. Er warf einen Blick in den Wagen, entdeckte, dass die drei ??? wach waren, und winkte sie heraus. »Guten Morgen, die Herren! Wir sind da. Also raus aus dem Auto mit euch, und informiert mich ab sofort regelmäßig über das, was ihr tut, ja?«

Die drei ??? rieben sich die Augen und Peter deutete ein Nicken an.

Cotta runzelte die Stirn. »Das ist ein Befehl! Sonst ist es schnell vorbei mit meiner Geduld!« Dann nickte er Mathilda Jonas zu und sie gingen ins Haus.

Justus, Peter und Bob folgten in gebührendem Abstand. Als sie zu dem ausrangierten Kühlschrank kamen, der der Eingang zu einem der Geheimgänge in ihre Zentrale war, bogen sie ab und verdrückten sich in ihren Campingwagen.

Mit glasigen Augen befahl Justus Bob, das Päckchen zu suchen, während sich Peter bereits auf den Sessel geworfen hatte und schon wieder kurz vor dem Einschlafen war. Doch ein Ausruf von Bob brachte ihn schneller zurück in die Realität, als ihm lieb war.

»Der Song ist weg!«

Bob saß auf dem Boden, um ihn herum hatte er den Inhalt des Pakets verstreut. Doch die Blätter mit dem Lied fehlten.

»Ich hatte das Päckchen hinter die Ordner mit den alten Fällen gelegt!«

»Tolles Versteck!«, kommentierte Peter.

»Wer konnte schon ahnen, dass sich jemand dafür interessieren würde?«, verteidigte sich Bob. »Jemand muss heute Nacht eingebrochen sein. Das war ja auch die Gelegenheit: Alle waren weg! Der Einbrecher hat sich das Lied geschnappt und den Rest wieder zusammengepackt, damit es uns nicht gleich auffällt.«

Justus sah Bob fassungslos an. »Wer könnte ein Interesse an dem Lied haben? Zum Glück haben wir ja alles abfotografiert!«

»Und wo sind die Bilder?«, fragte Bob.

»Noch in der Kamera. Und die ist im Haus. Gut versteckt! Ich werde sie holen, wenn Inspektor Cotta mit seiner Befragung von Tante Mathilda und Onkel Titus fertig ist. Erst ruhen wir uns etwas aus. Ich bin so was von müde!«

Gute zwei Stunden später waren die Detektive wieder einsatzbereit. Cotta war verschwunden und Justus besorgte die Kamera. Inzwischen stand die Sonne am Himmel. Sie erin-

nerte Peter daran, dass er heute eigentlich surfen gehen wollte. Doch jetzt war er neugierig auf den *La-la-Song*, von dem sie ja nur einen Teil gehört hatten.
Justus schaltete die Kamera ein. Das Erste, worauf er stieß, waren die Bilder von Lenny und Tante Mathilda auf ihrer Veranda. Natürlich, wie hatte er das nur vergessen können! Er hatte doch noch etwas überprüfen wollen!
»Kommt mit«, sagte er und führte seine Freunde in das alte Fotolabor, in dem ein Notebook stand und dazu ein guter Farbdrucker. Onkel Titus hatte die Geräte bei einer Büroauflösung abgestaubt, und nun sollte Justus sie neu einrichten, damit sie sein Onkel der Tante zum Geburtstag schenken konnte.
Justus startete den Computer und steckte den Kamerachip ein. Dann klickte er auf das erste Foto. Lenny grinste ihnen entgegen, den Arm um Tante Mathilda gelegt.
»Wie charmant deine Tante lächeln kann!«, kommentierte Bob.
»Achtet auf den Hintergrund!«, sagte Justus. »Wartet, auf dem übernächsten Bild sieht man ihn besser!«
Justus zoomte die Stelle heran. Zum Vorschein kam der Kunde, der in der Bücherkiste gestöbert hatte, als Lenny bei ihnen war. Er kniete seitlich neben der Kiste, sodass er ihnen den Kopf zugewandt hatte. Durch das Vergrößern wurde das Gesicht leicht unscharf, aber es war trotzdem zu erkennen.
»Der falsche Kellner!«, rief Peter aus. »Das ist doch der Typ, der sich auf die Party eingeschmuggelt hat!«
Justus nickte und druckte den vergrößerten Ausschnitt des Bildes aus. »Und sein Kumpel, der neben ihm im Auto saß,

hat Lennys Wagen manipuliert! Da bin ich mir fast sicher. Vielleicht war er auch der Einbrecher in unsere Zentrale!«

»Dann muss es sich doch um eine Entführung handeln«, sagte Peter. »Warum sollte Lenny mit einem Typen gemeinsame Sache machen, der ihn fast umgebracht hätte?«

»So sieht es aus«, sagte Justus. Er war sichtlich zufrieden mit seiner Entdeckung. »Und nun zum *La-La-Song*.«

Schnell hatte er die entsprechenden Fotografien gefunden. Er druckte den Song dreimal aus, für jeden Detektiv eine Kopie. Es war ein guter Druck. Im Hintergrund sah man sogar das Rechenblattmuster des Papiers und dünn mit Bleistift untereinander notierte Zahlen, die wie eine handgeschriebene Rechnung in einer Gastwirtschaft aussahen. Offenbar hatte Lenny – oder wer immer der Verfasser war – den Song in großer Eile auf einen gebrauchten Zettel geschrieben.

Sie setzten sich hin und lasen.

The La-La-Song

The La-La-Song

(Refrain)
Hey, Bruder,
hey hey my my,
es ist, wie es ist:
Ich war leider dabei.
Bleib du, wer du bist,
ungebunden und frei.

Geboren da oben im Canyon.
Gejammt und geraucht mit Byrdy und Keith.
Und Songs geschrieben ohne Ende,
damit es mit den Mädchen lief.

Keith und die andern, die gingen ans Licht.
Du und ich, wir verloren die Sicht.
Der Canyon, der hat so viele Pfade.
Doch unseren Weg, den fanden wir nicht.

(Refrain)

Und hier ist die Story, wie alles begann.
Wie ich den Tipp von ganz oben bekam.
Den Namen des Kerls hab ich niemals erfahren.
Weiß nur, dass er wusste, was hilfreich sein kann.

Ich träumte ja immer vom ganz großen Deal.
Der Kerl, der versprach mir noch mehr als mein Ziel.
Die Traube hing hoch, doch ich ging ein auf sein Spiel
und ich sag dir, ich erbeutete unendlich viel.

(Refrain)

Ich bot ihm ein Viertel, er wollte viel mehr.
Ich gab ihm ein Drittel und flog übers Meer,
zu verstecken das Gold in Avalon!
Doch im Sturm sank mein Schatz dann auf und davon.

Das Leben spielt gerne sein eigenes Stück.
Der eine hat Pech, der andere Glück.
Doch bevor der Totengräber sagt: Es ist aus!,
nimm es an, Bruder, mache das Beste daraus!
Yeah!

(2 × Refrain)

»Wow!«, sagte Bob, als Peter fertig vorgelesen hatte. »Die Melodie habe ich heute Nacht so oft gehört, dass sie ein richtiger Ohrwurm geworden ist! Die läuft in meinem Gehirn schon dauernd mit!« Er summte los.
Angewidert hielt sich Peter die Ohren zu. »Hör auf, du bist leider kein Lenny The Rock, Bob!« Dann wandte er sich an Justus. »In dem Lied geht es um einen gestohlenen Schatz, oder?«
Der Erste Detektiv nickte nachdenklich. »Ja, um etwas Er-

beutetes, einen Überfall, dessen Beute im Meer versunken ist. Aber ob das alles nur ausgedacht ist?«
»Wieso nicht? Ist doch ein Song«, sagte Peter, während Bob unverdrossen vor sich hinsummte.
»Hat Bob nicht davon berichtet, dass Lenny in einem Gefängnis aufgetreten ist?«, hakte Justus nach. »Dort könnte er den Mann getroffen haben, von dem hier berichtet wird.«
»In mehreren Gefängnissen«, sagte Bob plötzlich, und Peter bemerkte zufrieden, dass Bob nicht gleichzeitig summen konnte, wenn er sprach. »Zuletzt erst vor wenigen Wochen. Hier in Los Angeles!« Er zeigte auf den Ausdruck. »Ist das überhaupt Lennys Handschrift?«
»Warte«, sagte Justus und betätigte die Wiedergabefunktion der Kamera. Dann verglich er die Schrift mit anderen Dokumenten von Lenny. »Sieht nicht so aus, als ob Lenny den *La-La-Song* aufgeschrieben hätte«, sagte er nach einer Weile. »Das Original könnte folglich theoretisch seine Herkunft in dem Gefängnis haben und vom Täter stammen! Dann bezieht es sich möglicherweise *wirklich* auf ein reales Ereignis.«
Zweifelnd sah Peter auf den Text, doch mit jeder Zeile, die er noch einmal las, glaubte er mehr an Justus' Theorie. »Da singt einer seinen Bruder an. *Ich war leider dabei*, das könnte sich auf das Verbrechen beziehen. Der Bruder soll sich davon nicht anstecken lassen und frei bleiben, also nicht im Gefängnis landen. Dann geht es um die Vergangenheit, im Canyon. *Gejammt*, also Musik gemacht, *mit Byrdy und Keith* … ist damit der Drummer gemeint? Und Byrdy könnte Robert Byrd sein, der Songwriter! Dann hat er die Musiker gekannt, als er jung war?«

»Sieht ganz so aus!«, warf Bob eifrig ein. »Die beiden *gingen ans Licht*, wurden also berühmt – was ja stimmt –, aber der Schreiber des *La-La-Songs* nicht! Der geriet sogar auf Abwege.«
»Genau!«, sagte Peter. »Er bekam irgendeinen Tipp von ganz oben, von einem Unbekannten, und erbeutete eine große Summe. Der andere, also der Tippgeber, der erhielt seinen Anteil, ein Drittel. Und als der unbekannte Songschreiber seinen eigenen Anteil in Sicherheit bringen wollte, versank die Beute dummerweise im Meer. Aber wieso *flog* er nach …«
»… nach Avalon?«, vollendete Bob die Frage. »Ist das nicht die mythische Insel, von der keiner weiß, wo sie ist?«
»Du meinst die Insel aus der Artussage«, sagte Justus. »König Artus wurde dort nach seiner Verwundung geheilt.«
»Vielleicht ist auch von dem Ort Avalon auf Catalina Island die Rede«, warf Peter ein. »Ganz konkret. Die Insel liegt vor Los Angeles. Es kann doch sein, dass er seine Beute auf der Insel verstecken wollte!«
»Das klingt plausibel«, überlegte Justus. »Doch der Plan geht schief. Und der Mann wird auch noch erwischt und ins Gefängnis gesteckt. Dort schreibt er das Lied an seinen Bruder. Quasi eine Beichte und eine Bitte um Verzeihung. Der Bruder soll das Leben annehmen und das Beste draus machen. Nicht so wie er, der Verbrecher. So deute ich das Lied«, sagte er und machte eine kleine Pause, bevor er den Gedanken weiterspann: »Das klingt ganz so, als ob er demnächst …«
»… sterben wird«, ergänzte Bob. »Ja, Justus, so muss es sein! Das Lied ist eine Art Vermächtnis!« Bob atmete hörbar aus und begann wieder zu summen.

»Du verleidest mir noch den ganzen Song mit deinem Gezirpe!«, sagte Peter.
»Ich krieg's aber nicht mehr raus aus dem Kopf!«
»Das kann ich ändern!« Peter stand auf, schaltete die Musikanlage an und ließ sie einen Song der *Black Prints* spielen. Und zwar laut. »Aber – so interessant der *La-La-Song* und seine Aussage auch sind, was hat das mit Lennys Verschwinden zu tun?«, brüllte er gegen das Lied an.
»Lenny verschwand, unmittelbar bevor die Band den *La-La-Song* spielen wollte. Und die beiden falschen Lennys haben auf Moonlight Star etwas gesucht«, rief Justus. »Naheliegenderweise etwas, was in Zusammenhang mit dem Song steht. Vielleicht ist die Beute damals gar nicht im Meer versunken? Oder ging es um den Anteil des unbekannten Tippgebers? Und kannst du bitte etwas leiser drehen? Sonst ist unser Geheimversteck die längste Zeit Geheimversteck gewesen!«
Bob stand auf und drehte den Regler zurück. »Inzwischen scheint unsere Zentrale ohnehin offen zu sein wie ein Selbstbedienungsladen, wo jeder munter ein und aus gehen kann«, sagte er. »Wir müssen in Zukunft besser darauf achten, allein zu sein, wenn wir unsere Geheimgänge benutzen!«
»Sollten wir, ja«, sagte Peter, dachte aber bereits weiter. »Vielleicht weiß Inspektor Cotta, was dran ist an der These mit der versunkenen Beute. Von so einer Geschichte müsste er ja wissen. Und heute scheint er nicht ganz so … so …«
»… cholerisch«, unterbrach ihn Justus. »Du meinst, er scheint nicht ganz so cholerisch zu sein.«
»Vermutlich meine ich das«, sagte Peter. »Wenn das was mit übler Laune zu tun hat?«

Justus nickte, ging zum Telefon und wählte Cottas Nummer. Der Inspektor hob nicht ab. Also baten sie auf seiner Mailbox um Rückruf.
»Und was nun?«, fragte Peter.
Justus schmunzelte. »Ich schlage vor, du fährst zum Surfen nach Malibu!«
Peter sah ihn erstaunt an. »Okaaay ... Willst du eine Ermittlungspause machen? Das meinst du doch eigentlich nicht ernst, oder?«
»Na ja ... bei der Gelegenheit könntest du nebenbei gleich diese Debbie Peterson besuchen, von der Sue Tamara erzählt hat. Die angebliche Exfreundin.«
Peter verzog das Gesicht. »Darum geht es dir also! Ich soll ein bisschen Basisarbeit machen, während du dich hier um die wichtigen Sachen kümmerst?«
Justus wand sich. »Ich gebe zu, dass das keine sehr vielversprechende Spur ist. Aber wir müssen uns um jede Information kümmern. Das ist unsere Pflicht! Und du musst anschließend ja nicht surfen gehen ... Während du unterwegs bist, untersuchen Bob und ich den Umschlag von Lennys Mitteilung auf Fingerabdrücke. Und wir schauen uns noch einmal das Video von Lennys Verschwinden an. Zum Glück haben wir uns die Daten kopiert!«
»Können wir diese Debbie nicht einfach anrufen?«
»Peter! Am Telefon kann man einen viel zu leicht abwimmeln! Und ein Blick in ihre Wohnung kann auch nicht schaden.«
Peter dachte nach. Sein Shortboard lag im Auto. Eigentlich war die Idee so schlecht nicht. Vermutlich waren auch Jeffrey und Kelly am Strand. »Okay«, sagte er.

Doch es dauerte noch eine Stunde, bis Peter sich in seinem MG auf den Weg nach Malibu machen konnte, denn Tante Mathilda hatte ihr Versprechen wahr gemacht und Pizza gebacken. Die musste natürlich erst verspeist werden.
Als Peter weg war, zogen sich Justus und Bob wie besprochen in den Laborraum der Zentrale zurück. Als Erstes checkten sie den Umschlag, in dem die Mitteilung an Sue Tamara gesteckt hatte, auf Fingerabdrücke. Als Abdruckvergleich hatten sie ein Whiskyglas organisiert, das ihnen Sue Tamara mitgegeben hatte.
»Auf dem Umschlag sind eindeutig Lennys Abdrücke«, sagte Bob nach einer Weile und legte das Papier zur Seite. »Andere finde ich nicht. Was immer das zu bedeuten hat.«
Justus brauchte nicht lange zu überlegen. »Diese Tatsache hilft uns in keinster Weise weiter! Entweder hat Lenny den Brief selbst hineingetan, oder der Entführer hat Handschuhe getragen und ihn gezwungen, den Zettel in den Umschlag zu stecken. Ein anderer Umstand verleitet mich viel eher zu dem Gedanken, dass Lenny entführt worden ist!«
»Ah«, sagte Bob.
»Und zwar sein Gruß an die zwei statt die drei Fragezeichen! Ich deute das als einen Hinweis an uns, dass da etwas faul ist und wir uns darum kümmern sollen!«
»Du meinst, das hat er heimlich dort untergebracht?«
Justus nickte.
»Dann lass uns jetzt noch mal das Video durchsehen!« Wieder und wieder gingen sie die entscheidenden Sequenzen durch. Vor allem interessierte Bob das Rätsel um die Fernbedienung, die den Mechanismus zu Lennys Verschwinden

ausgelöst hatte. »Wo kommt das verdammte Ding bloß her, wenn Lenny es nicht bedient hat?«, murmelte der dritte Detektiv und starrte auf den Bildschirm. »Los, komm schon! Woher? Und wer hat sie betätigt?«

Sie ließen die Sequenz mehrfach in Echtzeit ablaufen, bis Bob plötzlich die Idee hatte, den Ton dazu einzuspielen. Die Qualität war zwar nicht besonders gut, aber die Instrumente waren klar zu hören. Lenny sang, Morning-Joes Bass wummerte, Keith steigerte die Schläge, Rons Gitarre jaulte wie ein wimmernder Hund. Dann Lennys Schrei.

Bob ging zweihundert Sekunden zurück, startete erneut und drehte den Ton um einiges lauter.

»Hey!« Justus hielt sich die Ohren zu.

Keith sah zu Lenny, trommelte weiter, sah wieder zu Lenny, trommelte weiter. Dann verschwand Lenny zum nun bestimmt hundertsten Mal.

»Das ist aber sehr seltsam!«, rief Bob plötzlich und stoppte abrupt die Aufnahme.

Die Musik erstarb.

Stille.

Sofort wieder unterbrochen vom drängelnden Klingeln des Telefons.

Justus sprang auf. »Mist. Bei dem Lärm haben wir es nicht gehört!« Er rannte ins Büro und schnappte sich den Hörer. »Justus Jonas von den drei Detektiven?«

Der versunkene Schatz

Am anderen Ende der Leitung meldete sich Inspektor Cotta. »Ihr wolltet mich sprechen, Justus?«

Justus erklärte ihm, worum es ging. Ein Überfall. Ein Tippgeber. Ein Mann im Gefängnis.

»Das ist ja interessant, dass du mit dieser Geschichte kommst«, sagte Cotta. »Ich bin selbst auf dieser Spur. Das Lied hat mich dahin geführt, der *La-La-Song* oder wie er heißt, der heute Nacht in Lennys Haus lief. Sue Tamara hat ihn mir freundlicherweise von der Anlage rauskopiert und mitgegeben, und zwar in der kompletten Probefassung mit allen Strophen!«

Auf Justus' Gesicht machten sich gleichzeitig Interesse und Enttäuschung breit. Den Wissensvorsprung mit dem gesamten Song hätte er gerne behalten. Der Inspektor schien das zu spüren.

»Hat es dir die Sprache verschlagen, Justus? Tja, auch die blinden Hühner von der Polizei finden manchmal ein Korn!«

»Äh, ja, Entschuldigung, Herr Inspektor«, sagte Justus.

»Und nun möchtest du ein paar Informationen von mir?«

Justus hatte sich wieder gefangen. »Gerne! Wie Sie sich denken können, machen wir uns unsere Gedanken!«

»An denen ich gerne teilhätte«, sagte Cotta. »Information gegen Information!«

»Selbstverständlich!«, sagte Justus. »Das Lied bezieht sich auf einen Raubüberfall, der sich tatsächlich ereignet hat?«

Bevor Inspektor Cotta antwortete, kam Bob aus dem Foto-

labor und machte hektische Handbewegungen. Offenbar wollte er Justus etwas Wichtiges zeigen.
Der Erste Detektiv schüttelte den Kopf, drehte Bob den Rücken zu und konzentrierte sich auf Cottas Antwort.
»Ja, Justus. Ein gewisser Frank Wheeler, derzeit wohnhaft in einem Gefängnis bei L. A., hat diese Tat vor etwa vier Jahren verübt.«
»Frank Wheeler«, wiederholte Justus. »Vermutlich ist Wheeler inzwischen todkrank, nicht wahr?«
»Woher auch immer du das schon wieder weißt! Ja, es wird nicht mehr lange gehen. Selbst sein Bett kann er nicht mehr verlassen. Gestohlen wurden damals übrigens Goldbarren von außergewöhnlichem Wert. Davon könnten mehrere Menschen lange leben. Passiert ist es auf einem Transport. Wheeler hatte offenbar einen Tipp bekommen, sodass er eine Schwachstelle ausnutzen konnte. Der Tippgeber ist leider bis heute nicht ermittelt worden. Wheeler hatte nur indirekt Kontakt mit ihm gehabt, so wie er es auch in dem Lied beschrieben hat. Damals hatten wir noch die Möglichkeit in Betracht gezogen, dass Wheeler ihn nur erfunden hat.«
»Aber woher sollte er dann sein Insiderwissen gehabt haben?«, wandte Justus ein.
»Du sagst es. Aus ermittlungstechnischen Gründen drang der Fall übrigens kaum an die Öffentlichkeit. Sonst hättet ihr euch womöglich schon damals dahintergeklemmt!« Cotta lachte. »Und alles wäre natürlich postwendend aufgeklärt worden!«
»Und das Gold ist tatsächlich im Meer versunken?«, fragte Justus.

Inspektor Cotta war für einen Moment still. »Woher weißt du das denn schon wieder?«, fragte er. »Woher habt ihr diese ganzen Informationen, Justus? Ihr habt doch überhaupt nur den Anfang vom Lied gehört. Und außerdem heißt es darin doch, die Beute sei einfach nur versteckt.«

Jetzt war es an Justus, erstaunt zu schweigen. »So hat Lenny es gesungen?«, fragte er dann. »In der Tonaufnahme, die Ihnen vorliegt?«

»Ja, genau so!«

»Das … wundert mich …«, stotterte Justus, »… im Manuskript …«

»Ihr habt ein Manuskript von diesem Song?«, rief Cotta entrüstet aus. »Und verschweigt es mir?«

»Ich wollte es doch gerade erzählen, Inspektor Cotta! Wir sind im Besitz des Textes, vielmehr waren wir es, denn er wurde uns gestohlen. Aber wir hatten eine Kopie gemacht, und dort heißt es, sein Anteil sei im Meer verschwunden, als Frank Wheeler auf dem Weg nach Avalon war!«

Wieder stand Bob in der Tür. Justus drehte sich genervt zu ihm um.

»Und genau davon sind wir bisher fest ausgegangen, Justus«, sagte Inspektor Cotta, während der Erste Detektiv den Lautsprecher einschaltete, damit Bob Ruhe gab und mithören konnte. »Frank Wheelers Teil der Beute liegt offiziell auf dem Grund des Pazifiks. Wheeler hatte sich weiter nördlich an der Küste ein Wasserflugzeug gemietet, um nach Avalon auf Catalina Island zu fliegen. Dort wollte er sein Gold verstecken, weil er spürte, dass wir ihm auf der Spur waren, doch eine Schlechtwetterlage zwang ihn zu einer Wasserlandung nordwestlich der Insel. Auf See geriet er in einen Sturm, der vom Wetterdienst belegt ist, ging bei einem Reparaturversuch über Bord und musste die Goldbarren dem Meer übergeben, die er sich in einem speziellen Gürtel umgebunden hatte. Ähnlich wie bei einem Tauchergurt das Blei. Sie hätten ihn sonst in die Tiefe gezogen. Später konnten er und sein Flugzeug geborgen werden, nachdem er mehrere Notrufe abgesetzt hatte.«

»In so einem Fall gibt es doch bestimmt eine Versicherung. Hat die nach dem Gold suchen lassen?«

»Hat sie«, sagte Cotta. »Sogar mit technischem Gerät. Aber die genaue Position war trotz Wheelers Mithilfe schwer zu ermitteln und an der Stelle ist das Meer bis zu tausend Meter tief. Zudem ist der Grund stark zerklüftet. Die Suche wurde zu teuer und man hat sie abgebrochen.«

»Was ist mit dem Bruder?«

»Den haben wir natürlich auch überwacht. Sein Name ist Anthony Wheeler. Er arbeitet in der Forstverwaltung. Wir vermuten, dass er nichts mit dem Fall zu tun hat. Scheint sich sogar losgesagt zu haben von Frank.«

»Das würde in gewisser Weise passen«, sagte Justus. »Und in Lennys gesungener Fassung heißt es, das Gold wäre versteckt? Wieso hat Lenny den Song umgeschrieben? Und warum wollte er die veränderte Fassung an seinem Geburtstag aufführen?«, fragte Justus.

»Ich würde es dir sagen, wenn ich es wüsste«, sagte Cotta. »Und ihn selbst fragen können wir leider nicht.«

Justus dachte kurz nach. »Ich mache Ihnen ein Angebot, Inspektor Cotta«, sagte er. »Ich schicke Ihnen das Foto des

Textes, den wir von Lenny persönlich bekommen haben, und Sie mir im Gegenzug die Datei mit dem Lied? Letzte Nacht lief davon leider tatsächlich immer nur die allererste Strophe. Die von Ihnen zitierte Passage ist uns daher unbekannt.«

»Trauen wir uns so über den Weg oder sollen wir einen Vertrag schließen?«, fragte Cotta. In seiner Stimme klang Heiterkeit mit.

»Auf mein Wort ist Verlass!«, sagte Justus.

»Auf meins auch«, sagte Cotta. »Einverstanden. Ich maile dir die Aufnahme gleich. Und, Justus: Meldet euch, wenn ihr mehr wisst! Schließlich geht es vermutlich um eine Entführung! Haben wir uns verstanden?«

»In Ordnung, Herr Inspektor! Und danke!« Justus legte auf. Erst jetzt sah er Bob an. »Überraschende Neuigkeiten von Cotta!«, sagte er. »Und warum machst du hier so einen Aufstand?«

»Weil ich etwas Wichtiges zu berichten habe«, sagte der dritte Detektiv und trat von einem Fuß auf den anderen. »Vielleicht interessiert es dich ja. So nebenbei. Denn ich weiß jetzt, wer die Fernbedienung ausgelöst und Lenny zum Verschwinden gebracht hat!«

Inzwischen hatte Peter Malibu erreicht. Das Gespräch mit dieser Debbie wollte er möglichst schnell hinter sich bringen. Und sich dann seinem Lieblingssurfbrett widmen. Bemalt mit einem Hai, dessen Haut in verwaschenen US-Farben schimmerte. Voller Vorfreude warf er einen Blick auf das tiefblaue Meer, dessen Wellen verführerisch auf das Land zurollten, um sich dann, wie an einem Faden gezogen, in einer schnellen längs dahinjagenden Bewegung an der Sandbank zu brechen. Peter seufzte. Surfen würde ihm guttun und ihn auf andere Gedanken bringen.

Schweren Herzens löste er sich von dem Anblick und bog wenig später in einen Weg ab, an dessen Ende sich Debbie Petersons Haus befinden musste.

Das Grundstück lag abgelegen fast schon am Hang. Peter stellte das Auto in einer Einbuchtung am Straßenrand ab und lief die letzten paar Meter zu Fuß. Vor dem kleinen, halb offenen Gartentor blieb er stehen. Eine Unmenge von Pflanzen hatte Besitz von dem Gelände ergriffen. Ein schmaler Weg bahnte sich durch das grüne Chaos, an dessen Rand in unregelmäßigen Abständen rostige Metallpfeiler aufgestellt waren. Verschiedene Symbole steckten auf ihren Spitzen. Bei näherem Hinsehen erkannte Peter eine Art Dreizack, eine Schlange, Blüten und zwei Hände, die eine Kerze umfassten. Sahen ziemlich esoterisch aus, die Dinger. Und irgendwie asiatisch.

Peter war noch in die Betrachtung versunken, als ihn Motorengeräusch aufschreckte. Wenige Augenblicke später kam ein Motorrad die Straße hochgefahren und hielt erst kurz vor ihm an. Eine Frau stieg ab. Sie wirkte zierlich, doch sportlich und muskulös. In einer schnellen Bewegung zog sie den Helm aus und klemmte ihn unter den Arm. »Kann ich dir helfen?« Ihre Stimme klang fest und voluminös.

»Ich suche Debbie Peterson«, sagte Peter.

»Du hast sie gefunden!« Die Frau schüttelte ihren Kopf und lange lockige Haare wirbelten durch die Luft.

»Haben Sie einen Moment Zeit?«

»Wer bist du? Ein Journalist? Hierher verirren sich sonst nur Surfer, die sich auf der Suche nach einem Parkplatz verfahren haben. Hier oben ist eine Sackgasse, weißt du?«
»Surfen gehen werde ich später«, sagte Peter.
»Also, was dann? Hast du auch so was wie einen Namen?«
»Peter Shaw. Entschuldigung. Ich … es geht um Lenny! Lenny The Rock. Ich habe da nur ein paar Fragen.«
Sie sah ihn einen Augenblick lang an und Peter hatte den Eindruck, dass sich ihre Miene verfinsterte. »Um Lenny also. Von mir aus. Aber das besprechen wir besser drinnen. Komm!«
Sie ging voran. Nach ein paar Metern öffnete sich das Grün zu beiden Seiten und ein einfaches, aus Holz gebautes Haus wurde sichtbar. Vom oberen Balken der Eingangstür strahlte eine Sonnenabbildung auf den Besucher hinab.
Sie betraten einen kleinen Vorraum, von dem aus es direkt in eine Art Wohnzimmer ging. Ein süßlicher Geruch hing in der Luft. Im hinteren Teil des Wohnbereichs führte eine Wendeltreppe nach oben. Überall stand Trödel herum: Buddhafiguren, Kerzenhalter, ein meterhoher Elefant aus Holz. Titus Jonas hätte seine Freude daran gehabt.
»Setz dich!«, befahl sie und zeigte auf ein abgenutztes Ledersofa. »Ein Bier?«
»Lieber ’ne Limo.«
Sie ging in die Küche und kehrte kurz darauf mit zwei Gläsern Cola zurück. Nachdem sie sich genau gegenüber von Peter auf einem Stuhl positioniert hatte, sagte sie: »Dann leg mal los! Ich bin gespannt!«
Der Zweite Detektiv räusperte sich. Er fühlte sich nicht ganz wohl in seiner Haut. Justus hätte bestimmt ein gutes Kon-

zept gehabt und alles viel geschickter angestellt. Sollte er mit offenen Karten spielen und sagen, dass er Detektiv war? Irgendetwas warnte ihn davor. »Ms Peterson, kennen Sie Lenny persönlich?«

»Warum geht dich das was an?«, kam es direkt zurück.

»Weil … weil ich eine Arbeit über ihn schreibe!« Peter holte tief Luft. Er musste sich schnell etwas einfallen lassen. »Ja, eine Arbeit über Lennys Leben!«

»Wozu?«

»Äh, für die Schule. So eine Art Reporterkurs.«

»Auf welche Schule gehst du denn?«

Peter schluckte. Das interessierte doch normalerweise niemanden! Er nannte sie.

»Der Lehrer?«, ging das Verhör weiter.

Oje. Er nahm den erstbesten Namen, der ihm in den Sinn kam. »Mister Howard.«

»Howard!« Sie lachte auf. »Der schreckliche Howard! Der unterrichtet seit Jahren nichts als Chemie! Pech gehabt, Shaw! Ich war selber mal auf deiner Schule! Denk dir was anderes aus, Kleiner!«

Peter wurde heiß. Das konnte doch nicht wahr sein! »Es stimmt aber!«, verteidigte er sich. »Kurse dieser Art übernimmt er. Neuerdings. Es ist … so eine Art freiwillige AG! Wir …« Peter suchte nach den richtigen Worten. Sein Blick sprang dabei unruhig durch den Raum. »Steht da nicht ein Bild von Lenny?«, fragte er plötzlich. Er deutete auf eine Kommode. »Sogar mit Autogramm?«

»Ja. Klar. Ich bin ein Fan von ihm. Das soll's geben! Nette Ablenkung vom Thema übrigens.«

»Wissen Sie, dass Lenny verschwunden ist?«
Wenn sie das überraschte, ließ sie sich zumindest nichts anmerken. »Verschwunden? Wie verschwunden? Sag mal, gehört diese Frage auch zu deiner Arbeit? Erkläre mir das bitte mal!«
»In gewisser Weise.« Peter schwitzte. Das lief überhaupt nicht so, wie er es sich vorgestellt hatte.
Debbie beugte sich vor. »Okay. Jetzt ist Schluss mit dem Theater: Was willst du wirklich? Spuck es aus!«
Peter griff zur Cola und bemerkte, dass das Glas in seiner Hand zitterte. Debbie bemerkte es auch.
»Hatten Sie mal ein Verhältnis mit Lenny?«, fragte er schnell.
Sie lachte und wog das Wort verächtlich ab: »Verhältnis … Wie süß aus deinem Munde! Sag mal, wie alt bist du eigentlich? Hattest du schon mal ein *Verhältnis*? Vielleicht ja mit der Freundin deines besten Freundes?«
»Mein bester Freund hat keine Freundin«, rutschte es Peter heraus.
»Überrascht mich nicht«, sagte Debbie trocken, »wenn er genauso hintenrum ist wie du!« Sie wechselte den Ton wieder ins Ernste. »Sag mal, Peter, du hast erwähnt, dass Lenny verschwunden ist. Woher weißt du das?«
»Ich war dabei!«
Sie schwieg und sah ihn prüfend an.
In dem Moment wurde einen Stock höher eine Tür geöffnet.
Peter blickte nach oben.
»Ich wohne hier nicht allein, weißt du«, erklärte Debbie ruhig.
Zwei Füße in Sportschuhen traten auf die Wendeltreppe,

denen ein paar Beine in Jeans folgten, dann ein Rücken. Peter starrte hin.
Der Mann folgte der Drehung der Treppe, bis er sich dem Gast ganz zuwandte.
Fast wäre Peter vor Schreck das Glas aus der Hand gefallen. Er kannte den Mann. Der Zweite Detektiv schluckte.
»Hallo, mein Freund«, sagte der Typ, und sein Fingerring glänzte im Licht. In der einen Hand hielt er ein paar bedruckte Blätter, die Peter bekannt vorkamen. In der anderen eine Pistole.

Enttarnt!

»Ob Peter bei Debbie Peterson wohl etwas erreicht hat?«, fragte Bob. »Soll ich ihn mal anrufen?«
Justus schüttelte den Kopf. »Du willst mich ja nur auf die Folter spannen! Nun sag schon: Wer war es? Wer hat mit der Fernbedienung den Mechanismus bedient, der Lenny hat verschwinden lassen? Ich tippe auf einen der Musiker, oder?«
Bob lächelte. »Ich will, dass du das selbst entdeckst!«
»Was soll das?«, fragte Justus. »Sind wir in der Schule?«
»Ach, Justus! Dir macht es doch auch immer Spaß, Peter und mich mit solchen Fragen zu grillen! Nun ist es halt einmal umgekehrt. Also, komm!« Bob drehte sich um und ging ins Labor.
Justus blieb nichts anderes übrig, als ihm zu folgen. »Du willst deinen Erfolg ja nur auskosten«, murmelte er.
Bob hatte alles vorbereitet. Das Video war kurz vor der Szene eingefroren, in der Lenny die Rutsche hinunterrutschte. Noch saß er auf dem Kasten und Nebelschwaden waberten um seine Beine herum.
Bob setzte sich an das Pult und ließ die Bilder laufen, bis Lenny verschwunden war.
»Mir ist nichts aufgefallen«, sagte Justus.
»So ging es mir auch«, antwortete Bob. Er wiederholte alles, doch dieses Mal mit Ton.
»Keine Ahnung!«, sagte Justus mit einem gewissen Trotz in der Stimme.
Bob ließ es ein drittes Mal ablaufen. Dieses Mal aber in Zeit-

lupe. »Schließ die Augen und hör einfach nur hin«, sagte er. »Achte auf die Musik!«
Justus murrte, tat aber, was Bob verlangt hatte. Es klang wie Kaugummi, jeder Ton war gedehnt. Selbst die Schläge von Keith, wuuuum wuuuum.
»Der Drummer stolpert«, sagte Justus nach wenigen Sekunden, »meinst du das?«
»Jetzt bist du auf einer heißen Spur, Erster! Was meinst du mit ›stolpern‹?«
»Einmal trifft er den Schlag nicht. Es klickt so seltsam. Hat das was …«
Bob wiederholte die Szene und stoppte genau in dem Moment, in dem Keith den Schlag ausließ. Doch nur akustisch. In den Bildern sah man den Schlagstock niedersausen. Jetzt vergrößerte Bob die Szene. Gespannt starrte Justus auf den Bildschirm. Es war zwar nicht scharf, doch es war deutlich zu sehen, dass der Drummer knapp daneben gezielt hatte und einen länglichen, schwarzen Gegenstand traf, der neben dem Rand der Trommel lag.
»Die Fernbedienung!«, sagte Justus.
Bob ließ die Aufzeichnung weiterlaufen und fast im selben Augenblick rutschte Lenny ab.
»Keith also!«, sagte Justus. »Ich muss zugeben: Das hast du genial recherchiert, Bob!«
Der dritte Detektiv lächelte verlegen.
»Deswegen hat Keith also ein paarmal zu Lenny gesehen!«, sagte Justus, »er wollte prüfen, ob die Position günstig ist und er den richtigen Moment erwischt!«
»Genau. Er aktiviert den Impuls, Lenny taucht ab, und wäh-

rend der anschließenden Irritation löst er unauffällig die Fernbedienung, lässt sie zu Boden gleiten und kickt sie in Richtung Rutsche. Hier ...« – Bob ließ die Bilder etwas weiterlaufen – »... siehst du? Hier kann man es erahnen, trotz des Nebels am Boden!« Bob fror das Bild wieder ein. »Aber warum nur?«

Justus knetete an seiner Unterlippe. »Er wollte verhindern, dass Lenny den *La-La-Song* singt«, sagte er. »Da bin ich mir sicher. Mir ist nur der Grund noch nicht klar. Und um den herauszufinden, müssen wir die Fassung des Songs studieren, die Inspektor Cotta schicken will. Lenny hat den Text nämlich an einer entscheidenden Stelle abgeändert. In der gesungenen Version ist das gestohlene Gold nicht versunken. Wenn wir Glück haben, ist die Datei schon da! Komm, Bob!«

Justus war endgültig im Jagdfieber. Er drehte sich um und eilte an den Computer.

»Wir haben Glück!«, rief der Erste Detektiv, als er das Mail-Postfach geöffnet hatte. Justus erinnerte sich an sein Versprechen und schickte zuerst Cotta die Fotos, die sie von Lennys Text gemacht hatten. Dann öffnete er den Anhang der eingegangenen Nachricht. Der Inspektor hatte ihnen wie versprochen eine Musikdatei geschickt. Es war der *La-La-Song*, doch nun in voller Länge. Bob drehte die Lautsprecher auf und fing an mitzusummen.

Doch im Gegensatz zu Peter störte Justus das wenig. Ihn interessierte etwas ganz anderes: die vorletzte Strophe, in der es um den Sturm vor Catalina Island ging. Sie hörten den Song trotzdem von Anfang an. Dann kam Lenny zur fünften Strophe.

Ich gab ihm ein Drittel, das war mehr als fair,
erfand die Story vom gierigen Meer
und versteckte den Rest beim Red Wood House,
dann stieg ich ab in des Wärters Haus.

Das Leben spielt gern sein eigenes Stück.
Der eine hat Pech, der andere Glück.
Für mich ist's vorbei, es ist alles aus.
Der Quell des Lebens, Bruder, für dich sprudelt's raus!
Yeah!

»Hammer!«, sagte Bob. »Warum hat Lenny das umgeschrieben? Hat er etwas mit dem Diebstahl zu tun? Wenn ich das richtig verstehe, dann ist das Gold ja noch da: Frank Wheeler hat die Meeresstory nur erfunden und es in Wirklichkeit beim Red Wood House versteckt?«
Justus hob beschwichtigend die Hände. »Langsam«, sagte er. »Wir hören hier die Version, die Lenny aufführen wollte, nicht Franks. Wie du richtig sagst, hat Lenny den Text dafür umgeschrieben. Aber die große Frage ist: warum? Am besten, wir gehen den Text noch einmal ganz genau durch.«
»Also zurück auf Start«, sagte Bob und steuerte die Datei zurück. »In dieser Version macht Frank Wheeler die Beute, gibt ein Drittel an den unbekannten Tippgeber, legt die Polizei mit seiner Lügengeschichte über das Meer herein und versteckt die Beute tatsächlich im Red Wood House. Aber wo ist das?«
»In den Red Wood Hills«, sagte Justus. »Da, wo Moonlight Star steht. Du hast es selbst recherchiert, Bob!«

Bob fasste sich an den Kopf. »Klar! Und Sue Tamara hat erzählt, dass sie Moonlight Star an dem Ort errichtet haben, an dem das Red Wood House stand. Dann ist dort das Gold versteckt? Aber wo?«
»*Quell des Lebens*«, zitierte Justus. »Das kann nur eins bedeuten: im Brunnen!«
»Wow!« Bob war geplättet.
»Jetzt erklärt sich einiges«, sagte Justus weiter. »Keith hat mit Ron, Morning-Joe und Lenny den Song eingeübt. Aber Lenny hat nicht verraten, dass er das Lied verändert hat. Da der Drummer sicher von der Sache wusste – er kannte Frank ja von früher –, musste er denken, dass das Gold aus dem Raub direkt vor ihrer Nase auf Moonlight Star versteckt sei. Da gab es für ihn nur eins: Er wollte das Gold selber haben!«
»Doch dazu musste er verhindern, dass Lenny den Song an dem Abend sang«, sagte Bob. »Sonst wären vielleicht noch andere Leute auf die Idee gekommen, sich zu bereichern. Keith wollte alles für sich behalten. Also ließ er Lenny entführen. Vermutlich von dem falschen Kellner. Aber warum hat Lenny den Goldraub nicht einfach selbst aufgeklärt?«
»Vielleicht wollte er genau das: eine andere Person auf die Idee bringen, sich das Gold zu schnappen!«, sagte Justus vieldeutig.
»Aber wen könnte er so reinlegen wollen?«
»Den ehemaligen Mittäter. Diesen Tippgeber. Laut Cotta befindet er sich noch auf freiem Fuß. Hat Lenny, als er bei uns war, nicht gesagt, er wollte auch gern Detektiv sein? Und einen Fall aufklären?«
»Aber ja! Und er sprach davon, endlich einmal ins Leben

einzugreifen«, bestätigte Bob. »Ich fand das gleich so merkwürdig. Warum sagte er das? Aber nun verstehe ich es! Lenny wollte die Falle stellen und dem Tippgeber auflauern. Ihn bei der Suche nach dem Gold überraschen und stellen! Doch Keith und sein Helfer kamen ihm zuvor!«

Nun gab eins das andere. »Sie wollten Lenny entführen, um in Ruhe den Brunnen absuchen zu können«, sagte Justus. »Doch wir störten die nächtliche Party. Letztlich wurden sie mit uns fertig, sperrten uns ein und schweißten das Gitter des Brunnens auf.«

»Dann sind sie mit dem Gold abgehauen!«, sagte Bob enttäuscht. »Und wir haben es nicht verhindert! So ein Mist!«

Justus schüttelte den Kopf. »Keine Sorge, Bob! Ich glaube eher, sie haben nichts gefunden! Lenny hat den Text doch verändert, weil er jemandem eine Falle stellen wollte. Im Originalsong ist ja alles so beschrieben, wie Cotta es erzählt hat. Das Versteck in dem Brunnen war eine reine Luftnummer!«

»Dann sind sie ja wenigstens leer ausgegangen!«, sagte Bob erleichtert. »Aber wer war dieser geheimnisvolle Tippgeber? Und warum konnte Lenny sicher sein, dass er sich im Publikum befunden hat?«

»Weil er ihn selbst eingeladen hat«, sagte Justus. »Ich glaube, es war so: Frank Wheeler hatte schon immer einen Verdacht, um wen es sich handeln könnte. Doch er hatte keinen Beweis. Er erzählte Lenny bei seinem Gefängniskonzert davon. Und da wollte Lenny dem Mann eine Falle stellen. Es muss ihn mächtig gereizt haben, ihn zu überführen! Umso mehr, als es sich um eine gesellschaftlich angesehene Person handeln dürfte.«

»Du hast bestimmt auch schon eine Ahnung?«
Justus nickte. »Selbstverständlich. Doch zunächst möchte ich eine Erklärung von dir, warum Lenny uns Detektive eingebunden hat.«
»Das gilt nicht!«, sagte Bob. »Du willst dich nur rächen wegen vorhin!«
Justus grinste. »Also?«
Bob dachte kurz nach. »Weil … Wir sind eine Art Sicherheitsnetz! Die Polizei wollte er nicht einschalten. Aber er wusste, dass wir clevere Jungs sind und eins und eins zusammenzählen können. Wenn etwas schiefginge, würden wir zur Stelle sein!«
»Was wir ja auch sind«, sagte Justus.
»Na, hoffentlich erwartet Lenny nicht zu viel von uns«, sagte Bob.
»Auf der Party war jedenfalls ein Mann, der sich nicht erklären konnte, warum er eingeladen worden war. Er hat mehrfach davon gesprochen. Euch ist er nur am Rande aufgefallen. Er war ziemlich aufgetakelt, Angeberuhr, mit Funkelsteinen besetzte Brille. Er hieß Clayton. Den Vornamen weiß ich nicht. Es dürfte aber kein Problem sein, den herauszufinden!«
»Wir müssen Inspektor Cotta informieren«, drängelte Bob.
Justus nickte, sagte aber: »Gleich, Bob. Zunächst sollten wir uns um Peter kümmern. Ich frage mich, warum er sich die ganze Zeit über nicht meldet.«
»Hatten wir das denn verabredet?«
»Nicht direkt.«
»Na, dann wird er surfen gegangen sein.« Bob nahm sein

Handy und wählte Peters Nummer. Es klingelte, aber dann ging nur die Mailbox an. »Im Wasser kann er ja schließlich schlecht telefonieren«, sagte Bob.
»Wir arbeiten an einem Fall, Dritter!«, erinnerte Justus. »Den Vorschlag mit dem Surfen hatte ich doch nur im Scherz gemacht. Das war doch wohl offensichtlich!«
»Bei mir kam das aber nicht so an«, sagte Bob. »Und bei Peter ganz bestimmt auch nicht! Vielleicht ist er ja noch bei dieser Debbie. Warte, die Adresse habe ich hier notiert!« Er zeigte auf einen Zettel, der vor dem Computer lag. »Soll ich dort mal anrufen?«
»Wir fahren hin!«, entschied Justus.

Peter! – Peter?

Justus und Bob radelten zum Haus von Bobs Eltern, wo der dritte Detektiv seinen VW geparkt hatte. Sie stellten die Räder ab und wechselten in das Auto. Der Verkehr floss zügig die Küstenstraße entlang, sodass sie nicht allzu lange brauchten.

»Peters MG parkt jedenfalls nicht mehr hier«, sagte Bob, als sie die kleine Straße zu Debbie Petersons Haus hochfuhren. »Nur ein Motorrad.«

»Wir fragen trotzdem nach«, sagte Justus. »Schließlich war das Peters erste Station!«

Mit einer sanften Bremsung stellte Bob seinen VW direkt neben dem Eingangstor zum Grundstück ab.

Während sie durch den Garten auf das kleine Haus zugingen, ließ Justus seinen Blick über die Figuren schweifen, die beiderseits den Weg säumten. »Hier wohnt offensichtlich eine Sinnsucherin«, sagte er.

Bob hatte die Tür erreicht und sah nach einer Klingel. Aber es war keine da, also klopfte er an die Tür. »Hallo?«

»Jemand zu Hause?«, rief Justus. »Ms Peterson?«

Sie warteten.

»Hallo?«

Plötzlich wurde im ersten Stock ein Fenster hochgeschoben. Der Kopf einer Frau tauchte auf. Sie musste um die vierzig sein, schätzte Justus. Ihre langen, braunen Haare wirbelten im Wind.

»Was wollt ihr?«, fragte sie eher neugierig als abweisend.

»Sind Sie Debbie Peterson?«, fragte Justus.
»Ja, das bin ich. Und wer seid ihr?«
»Wir suchen unseren Freund. Peter Shaw. War er zufällig bei Ihnen?«
»Allerdings!«, sagte die Frau. »Er tauchte auf und hat mich über Lenny The Rock befragt. Wisst ihr, ich hatte Lenny mal näher gekannt. Aber viel erzählen konnte ich eurem Freund nicht. Das ist lange her. Schreibt ihr auch für diese Schul-AG?«
»Schul-AG? Wieso …«, fragte Bob.
Justus unterbrach ihn. »Nein. Das war Peters Aufgabe. Wir suchen ihn nur, weil wir uns mit ihm verabredet haben.«
»Dann solltet ihr zum Strand fahren!«, sagte die Frau. »Wir haben uns kurz unterhalten. Er ist bald wieder gegangen. Wollte surfen gehen. Netter Junge übrigens!«
Einen kurzen Moment lang fragte sich Justus, ob Debbie sie belog. Doch alles schien plausibel. Eine Frau, die vor Jahren Kontakt zu Lenny gehabt hatte, na und? Spätestens, wenn sie Peter gleich am Strand fanden, konnten sie diese Routinespur abhaken. »Okay«, sagte Justus und wandte sich zum Gehen. »Vielen Dank dann erst mal!«
Die Frau nickte ihnen zu und schob das Fenster wieder hoch. Justus drehte sich um und ging los.
»Sag ich doch«, sagte Bob, der ihm folgte. »Peter ist surfen gegangen! Sein Telefon liegt bestimmt im Auto.«
Justus verzog das Gesicht. »Melden können hätte er sich trotzdem! Wir machen uns immerhin Sorgen und er nimmt sich einfach eine Auszeit. Womöglich trifft er sich zu allem Überfluss auch noch mit Kelly oder Jeffrey! Die halten ihn

ohnehin ständig von der Arbeit ab. Ein wenig ernster könnte er unseren Job schon nehmen!«

»Dann sag ihm das gleich doch bitte persönlich«, sagte Bob.

Nach Malibu Beach war es nicht mehr weit. Bob kannte Peters Lieblingsstelle, und als er auf der Suche nach einem Parkplatz den VW die Straße entlangrollen ließ, hatte er bald Peters MG in einer der Parkbuchten entdeckt. »Na also«, sagte er und klemmte sein Auto ein Stück weiter längs in eine Parklücke.

Auch Justus entspannte sich. Manchmal war er wirklich zu misstrauisch.

Sie liefen runter zum Strand. Die Bedingungen zum Surfen waren wirklich gut, und das hatte sich herumgesprochen. Unzählige Surfer lauerten im Meer auf die perfekte Welle, doch die Entfernung war zu groß, um einzelne Personen zu erkennen. Also ließ Justus seinen Blick über den Strand schweifen. Badegäste, Surfer, dazwischen Touristen, die Fotos machten. Nach wenigen Momenten hatte er, was er suchte. »Ist das nicht Peters Zeug?« Er deutete auf einen Rucksack, der neben einem Handtuch und Schuhen im Sand lag.

»Ich glaube schon!«, sagte Bob und flitzte los.

Es waren Peters Sachen, auch sein T-Shirt steckte zerknüllt unter dem Rucksack. Sie standen eine Weile herum und starrten auf das Meer. Doch Peter war nirgends zu entdecken.

»Langsam müsste er doch reinkommen«, sagte Bob.

Zwei Jungs trabten vorbei, ihre Bretter unter den Arm geklemmt. Bob kannte die beiden vom Sehen. »Ist Peter hier?«

Der eine, blond und kurzhaarig, hielt an. »Peter? Ich kenne mindestens *zehn* Peters«, sagte er grinsend.
»Peter Shaw.«
»Ach, der! Weiß nicht. Liegen da nicht seine Sachen?«
»Das sehen wir auch«, sagte Justus. »Aber irgendwie ist er verschwunden!«
»Fragt doch mal Ray vom Baywatch, mit dem hängt er oft zusammen«, sagte der andere der beiden und deutete den Strand entlang.
Bob nickte und die zwei gingen weiter. »Also zur Strandaufsicht!«
Ray hockte hundert Meter weiter auf einer der typischen erhöhten hölzernen Aufsichtsplattformen und sah sich von dort aus das Meer und die Mädchen an. Bob und Justus liefen den hölzernen Steg hoch, klopften an das Fenster und weckten ihn aus seinen Träumen. »Hi, Ray! Hast du Peter gesehen? Shaw, Peter Shaw.«
Ray zuckte zusammen und blickte ihn an. »Seid ihr nicht Justus und Bob, seine Freunde? Glaube kaum, dass Peter heute am Start ist. Der wäre bestimmt auf einen Plausch bei mir vorbeigekommen! Tut er immer.«
»Sein Zeug ist jedenfalls da. Wir machen uns Sorgen!«
»Wartet.« Ray winkte einen Kollegen herbei und kam mit auf den Strand. »Zeigt mir mal die Stelle.«
Gemeinsam gingen sie zurück. Ray sah den Rucksack, nickte wortlos und schaute auf das Meer, aber von Peter war nach wie vor nichts zu sehen. Dann ließ er seinen Blick den Strand entlangschweifen. »Was ist das denn?«, fragte er plötzlich und joggte los, ohne auf eine Antwort zu warten. Justus und

Bob folgten ihm. Kurz darauf sahen sie, wohin Ray steuerte.
»Sein Surfbrett!«, rief Bob. »Das ist Peters Surfbrett!«
Ray war bereits bei dem Sportgerät angekommen und hob es an. Ein Hai in matten US-Farben. »Das Meer hat es hier angespült«, sagte er und zog das Brett weiter an Land.
»Angespült?« Bob war alarmiert. »Ein Unfall? Etwa ein … Hai?«
»Hai …«, sagte Ray kopfschüttelnd, »ich glaube nicht, dass Peter da draußen verspeist worden ist. In Santa Barbara ist mal was vorgekommen, aber …« Wieder warf er einen prüfenden Blick auf das Meer. »Und wenn das Brett hier liegt, kann er nicht weit draußen gewesen sein. Sonst wäre es durch die Strömung viel weiter hinten angeschwemmt worden. Dem ist bestimmt nichts passiert. Und ich war ja auch noch da! Aber schon seltsam, das Ganze!«
»Was meinst du damit?«, fragte Bob.
»Er ist vielleicht gerade erst angekommen und noch gar nicht richtig gestartet.« Ray kratzte sich am Kinn. »Ist irgendwie wieder abgehauen und hat sein Brett liegen lassen!«
»Peter könnte vor etwas geflohen sein«, sagte Justus und überlegte. »Oder er hat jemanden entdeckt und verfolgt. Aber warum?«
Bob sah Justus an. Die Sicherheit war aus dessen Gesichtsausdruck gewichen.
»Meint ihr, ich darf mal in seine Tasche sehen?«, fragte Ray.
»Klar!«
Sie gingen zurück und Ray öffnete den Rucksack. »Hmm«, machte er.
»Was heißt hier ›hmm‹?«, fragte Bob ungeduldig.

»Die Leash«, murmelte Ray und zog ein schwarzes Knäuel aus einer Seitentasche. »Also die Sicherheitsleine, mit der man das Brett an sein Bein bindet. Warum ist die noch hier drin?«

»Lässt man die nicht normalerweise immer an seinem Brett?«, fragte Justus.

»Peter macht sie abends ab. Ist so ein Tick von ihm«, sagte Ray. »Justus, Bob – Peter war nicht im Meer! Ganz bestimmt nicht! Das passt alles nicht zusammen, und ich sag euch eins: Auf seine Lieblings-T-Shirts achtet er immer ganz genau. Peter hätte das nie einfach so in den Sand geknüllt! Er legt es immer fein säuberlich zusammen.«

»Das hätte mir auch auffallen können!«, sagte Bob, beugte sich misstrauisch über den Rucksack und wühlte in ihm herum. »Da ist Peters Handy!«, rief er und zog es heraus. »Und da seine Autoschlüssel! Nie im Leben hätte er das einfach so hier dringelassen!«

Justus starrte Bob an. Dann kniete er sich hin und raffte Peters Sachen zusammen. »Los, Bob!«, rief er, »wir müssen zurück. Debbie Peterson! Ray, kannst du dich um das Brett kümmern?«

»Klar. Viel Glück, Jungs! Ich hoffe, ihr findet ihn bald!«

Justus und Bob hasteten zum Auto und fuhren, so schnell es ging, zurück zu Debbie Peterson.

Als sie in die schmale Straße einbogen, sah Justus sofort, dass sich etwas verändert hatte.

»Das Motorrad ist weg!«

Ruckartig brachte Bob sein Gefährt zum Stehen. Wenige Sekunden später rannten sie durch den Garten auf das Haus zu. »Hallo?«, rief Justus noch im Laufen. »Ms Peterson, bitte öffnen Sie sofort die Tür!« Er erreichte den Eingang und rüttelte an dem Knauf, doch die Tür war verschlossen.

»Warte.« Bob wetzte los, von Fenster zu Fenster, um das ganze Haus herum. »Niemand«, rief er, »alle ausgeflogen!«

»So ein Mist!« Justus holte Luft. »Ich fürchte, Peter ist in großer Gefahr! So schwer mir das fällt: Wir müssen Inspektor Cotta um Hilfe bitten. Ich hätte nicht so voreilig sein sollen vorhin.«

»In der Zeit, in der wir zum Strand gefahren sind, kann Debbie das alles doch unmöglich arrangiert haben«, sagte Bob. »Sie muss vorher dort gewesen sein und Peters Sachen verteilt haben. Wenn sie überhaupt dahintersteckt. Ich habe die Hoffnung nicht aufgegeben, dass es für alles eine einfache Erklärung gibt.«

»Und die wäre?«

»Ein Streich von Peter zum Beispiel«, sagte Bob, doch es klang wenig überzeugt.

Justus wird schlecht

Justus und Bob riefen Inspektor Cotta an, der sich gerade bei Sue Tamara auf dem Gelände von Moonlight Star umsah. Sie erzählten ihm von Peters Verschwinden. Cotta reagierte zwar wütend, weil sich die drei ??? mal wieder in Gefahr begeben hatten, statt der Polizei die Arbeit zu überlassen, doch auch er war sehr besorgt. Justus und Bob beschlossen, gleich zu ihm zu fahren. Nun mussten sie alle Kräfte bündeln. Während der dritte Detektiv den Wagen in Richtung des Canyons steuerte, ließ sich Justus noch einmal alle Informationen durch den Kopf gehen.

»Es gab einen Goldraub«, begann Justus. »Ein Tippgeber hat ihn eingefädelt – ich vermute, das war dieser Mr Clayton – und Frank Wheeler beging die Tat. Später verlor er seine Beute, als er sie verstecken wollte. Nun sitzt er im Gefängnis und wird bald sterben. Aus seiner Kindheit kennt Frank Wheeler auch Keith, den heutigen Drummer von *Moonlight Star*, so deutet es zumindest das Lied an.«

Gerade passierten sie eine Tankstelle und Bob musste wegen eines zu langsam vor ihm einscherenden Pick-ups abbremsen.

»Lenny gab ein Konzert in diesem Gefängnis«, nahm er den Faden auf, »und hinterher traf er sich mit Frank Wheeler, der ihn vielleicht damit geködert hat, dass er Keith kannte. Bei dieser Gelegenheit erhielt er von Wheeler den Song. Das Lied ist eine Art Entschuldigung für seine Tat, gerichtet an seinen Bruder Anthony. Wahrscheinlich sollte Lenny sie überbringen.«

»Doch Lenny wartet damit und schreibt den Song um, um vorher Clayton eine Falle zu stellen«, übernahm Justus wieder. »Er sollte die Beute im Brunnen suchen und sich dabei auf frischer Tat von Lenny überraschen lassen. In dieser Version des Liedes ist das Gold deshalb nicht verschwunden. Lenny übt also mit der Rockband den Song ein. Auch Keith hört den Text und denkt ebenfalls, der Schatz sei noch da. Er will an das Gold. Vermutlich hatte es zwischen den Bandmitgliedern Streit gegeben, jedenfalls war Keith unzufrieden. Das war bei unserem Gespräch mit ihm rauszuhören. Es muss auch eine Verbindung von ihm zu Debbie geben, weil sie ihre Finger mit im Spiel hat. Oder vielleicht zu Clayton?«

»Was ist mit Durnell, dem Musiker, dem Lenny angeblich ein Lied geklaut hat?«, fragte Bob. »Warum wurde er überfallen?«

»Nun, ich vermute, dass er dem Entführer in die Quere kam, als der etwas vorbereitet hat.«

»Oder alles war vorgetäuscht und er steckt mit drin!«

Justus schwieg. »Bestimmt haben wir etwas übersehen. Wir haben immer etwas übersehen!«

»Aber was?«, fragte Bob. Er dachte an das Paket, das ihnen Lenny übergeben hatte, und an das, was darin gewesen war. Es war der Ausgangspunkt von allem. Und in der Nacht hatte man bei ihnen eingebrochen und das Liedmanuskript gestohlen. Doch warum? Wer wusste von dem Paket? Eigentlich kam dafür nur eine Person infrage: der Mann auf dem Schrottplatz, der später verkleidet als Kellner auf der Party aufgetaucht war! Er hatte die Übergabe des Päckchens beobachtet und offenbar anschließend gesehen, wie sie den Geheimgang benutzt hatten.

Der Wagen vor ihnen bremste ab und Bob musste seinen Gedankenfluss unterbrechen.

Doch Justus schien in die gleiche Richtung zu denken. »Hast du die Ausdrucke von dem *La-La-Song* dabei?«, fragte er plötzlich. »Ich überlege die ganze Zeit, warum Lenny nicht längst wieder frei ist. Der Brunnen wurde abgesucht, aber es kann kein Gold da gewesen sein. Das ist für die Täter zwar dumm gelaufen, aber damit ist doch eigentlich alles vorbei?«

»Außer wenn Keith das Gold woanders vermutet«, sagte Bob und gab Gas.

Justus sah nachdenklich aus dem Seitenfenster. »In der gleichen Nacht wurde bei uns der Song gestohlen. Nur das Lied, die anderen Dinge nicht. Also war es entscheidend. Aber warum? Die Originalfassung muss irgendeine Information enthalten, die die Geschichte am Laufen hält. Und warum hat man Peter entführt? Kamen wir der Wahrheit zu nahe?«

Bob wies mit dem Daumen auf eine Umhängetasche, die auf dem Rücksitz lag. »Die Ausdrucke von dem Manuskript habe ich dabei. Zusammen mit den anderen Ausdrucken, die wir gemacht haben.«

Justus schob den Gurt zur Seite und drehte sich um. Als Bob in den Canyon einbog, nahm er das Papier mit dem *La-La-Song* aus dem Umschlag, und während Bob rasant von einer Kurve zur nächsten steuerte, las er sich den Text mehrfach durch. »Kannst du bitte etwas langsamer fahren?«, sagte er plötzlich. »Mir wird schlecht!«

»Es geht um Peter!«

»Ich weiß.« Justus starrte ein paar Minuten geradeaus durch das Frontfenster. Dann blickte er wieder auf den Zettel. »Warum hat Wheeler den Text auf ein benutztes Papier geschrieben?«, fragte er.

»Du meinst, auf diese Rechnung?«

»Ja, gibt es in der Anstalt kein weißes Papier? Diese Zahlen …« Obwohl es kurvig weiterging, sah sich Justus eine ganze Weile die offenbar mit Bleistift eingetragene Addition an, die sich blass seitlich neben dem Songtext vom Papier abhob. »21,10 Dollar, 19,40 Dollar, 8,50 Dollar, 6,10 Dollar … zusammen 113,20 Dollar … hm … Ich glaube, ich hab's!«, rief er plötzlich. »Meine Güte, wie einfach das ist! Warte!« Seine Augen flogen auf dem Text hin und her. »Bob! Du wirst staunen! Wir müssen umdenken! Es verhält sich alles ganz anders! Anders, als Lenny dachte, anders, als die Polizei dachte, anders, als wir dachten!«

Bob riskierte einen Seitenblick. »Nämlich?«

»Frank Wheeler hat Lenny als Boten benutzt, aber nicht um eine Bitte um Entschuldigung zu überbringen. Es befindet sich eine verschlüsselte Botschaft in dem Song!«

»Lass mich raten«, sagte Bob und schaltete einen Gang runter, »eine Botschaft an Franks Bruder?«

»Korrekt! Diese angebliche Rechnung … Die Dollarbeträge beziehen sich auf die entsprechende Zeile in dem Lied, die Stelle nach dem Komma auf das entsprechende Wort in dieser Zeile. Den Refrain darfst du nicht mitrechnen. Und wenn du alle Wörter raussuchst und hintereinander aufreihst, dann ergibt sich: *Das … Gold … fanden … Du … im … Traube … Glück*!«

»Das Gold?« Bob hatte die Abzweigung zu Moonlight Star erreicht und bog mit einem scharfen Lenkmanöver ein.
»*Das Gold findest du im Traubenglück*!«, rief Justus. Jetzt war er nicht mehr zu bremsen »Verstehst du? Traubenglück, das ist ein altes Ausflugsrestaurant im oberen Teil des Canyons! Das Gold ist tatsächlich noch da! Und zwar dort versteckt! Alle sind darauf hereingefallen: Diese Flugzeugtour mit dem angeblichen Verlust der Beute war nur vorgetäuscht! Und der großartige Reuesong auch! In Wirklichkeit ist das Lied nämlich ein Testament!«
Bob musste das erst mal verarbeiten. Er bretterte so schnell den Weg entlang, dass die Steine zur Seite wegspritzten. Nach kurzer Zeit hatte er das Anwesen von Lenny The Rock erreicht. Das Tor stand offen. Vor dem Haus parkte das Auto von Inspektor Cotta. Noch ein zweiter Einsatzwagen der Polizei war vor Ort.
»Ein Testament, das an Franks Bruder gerichtet war!«, nahm Justus seinen Satz wieder auf. »Anthony Wheeler. So unschuldig, wie alle denken, ist der wohl doch nicht. Oder aber Frank möchte Anthony das Gold einfach vermachen, weil er selbst damit nichts mehr anfangen kann!«
»Wow!«, sagte Bob, hielt den Wagen an und stieg aus. »Das wird Cotta überraschen!«
»Wir sollten besser sofort umdrehen und zum Traubenglück fahren!«, rief ihm Justus hinterher.
»Wohin?«, fragte eine Stimme. Inspektor Cotta und Sue Tamara kamen den Weg entlang. Die letzten Worte mussten sie mitbekommen haben.
»Inspektor Cotta!«, rief Justus und stieg aus.

In knappen Sätzen berichtete er, was er soeben herausgefunden hatte.
Auf Cottas Stirn bildeten sich immer mehr Falten und er murmelte: »Deswegen ist Keith also von der Bildfläche verschwunden!«
»Wir müssen los!«, rief Justus ungeduldig. »Peter ist in Gefahr!«
»Und Lenny auch!«, sagte Sue Tamara. »Mein Gott, wenn ich das geahnt hätte! Sie haben ihn entführt! Und Keith steckt mit drin! Ich wusste, dass sie Streit um Gelder und Tantiemen hatten, aber dass Keith so weit geht!«
»Ich fürchte, die beiden haben ein wenig die Kontrolle über die Geschichte verloren«, sagte Justus. »Wenn Anthony und Keith das Gold gefunden haben, werden Lenny und Peter hoffentlich freikommen. Ich schätze mal, das Gold ist so wertvoll, dass sich Keith und Anthony problemlos damit ins Ausland absetzen können!«
»Davon kannst du ausgehen, Justus«, bestätigte Cotta.
»Lassen Sie uns keine Zeit verlieren«, drängelte Justus, »fahren wir los!«
»*Wir*? Justus! Die Polizei wird die Täter festsetzen!«, sagte Cotta. »Was denkst du denn? Du hast einen hervorragenden Beitrag geleistet, aber nun ist Schluss für euch! Ein entführter Detektiv dürfte doch wohl wirklich reichen!«
»Inspektor …«, begann Justus.
Cotta wandte sich ab, tippte auf sein Handy und sprach dann kurz etwas hinein. Wenig später kamen drei Polizisten dazu. Sie hatten offenbar das Gelände abgesucht. Der Inspektor erteilte ihnen ein paar schnelle Anweisungen. Die

letzte davon war die bitterste: »Und Sie, Sergeant, begleiten die beiden Herren mit dem Wagen ein Stück weit nach Hause. Dann kommen Sie nach! Ich möchte nicht, dass ein Unglück geschieht!«
Justus und Bob sahen sich an. »Es geht um Peter!«, rief Bob.
»Eben. Ich rufe euch an, wenn er frei ist! Keine Widerrede!«
Zusammen mit den beiden anderen Polizisten setzte er sich in seinen Dienstwagen und rauschte vom Platz. Sue Tamara sah mindestens ebenso verdattert drein wie Justus und Bob.
»Bitte schön, meine Herren«, sagte der Sergeant und wies auf Bobs Auto. »Ihr fahrt voran, ich folge. Und keine Tricks!«

Achtung, Steinschlag!

Es blieb ihnen nichts anderes übrig. Justus und Bob verabschiedeten sich von Sue Tamara, setzten sich in ihren Wagen und fuhren los. In knappem Abstand folgte der Sergeant. Als sie die Hauptstraße erreichten, überlegte Bob kurz, ob er nicht doch links abbiegen sollte, den Canyon hinauf. Ja, wenn er einen schnellen Maserati gehabt hätte …

Hinter ihnen hupte der Polizist. Es klang wie ein Befehl. Also steuerte Bob schweren Herzens nach rechts. Der Sergeant fuhr weiter hinter ihnen her. Die ganze Zeit über starrte Justus schweigend geradeaus. Mit einem Gesichtsausdruck, als würde er gleich in das Autoblech beißen.

Nach einer Weile erreichten sie Hidden Treasure, den Raritätenladen im Canyon. Mr Strummer, der Besitzer, schlurfte gerade über den Platz. Als er das Knattern von Bobs VW hörte, blickte er auf und winkte zum Gruß.

»Halt bitte an«, fand Justus plötzlich Worte. »Lass uns wenigstens hier warten. Und Mr Strummer wird vielleicht interessieren, wie die Geschichte um Lenny weiterging. Auch er war ja auf der Party.«

Bob bremste so scharf, dass der Sergeant fast auf ihn aufgefahren wäre. Dann ließ er den VW auf der Parkfläche ausrollen. Das Polizeiauto kam direkt neben ihm zum Stehen. Der Sergeant ließ das Fenster herunter. »Das ist ja lebensgefährlich hinter euch! Ab jetzt kommt ihr alleine zurecht, oder?«

»Ich hoffe, Sie tun das auch!«, rief Justus bitter.

»Lass das mal unsere Sorge sein! Ich drehe um und unterstütze meine Kollegen! Wenn ich euch heute noch mal wiedersehe, sperre ich euch eigenhändig ein!« Er setzte den Wagen zurück, wendete und raste davon.

»Habt ihr inzwischen Geleitschutz?«, fragte Mr Strummer.

»Nicht direkt.« Justus erzählte, was passiert war. Der Ladenbesitzer war neugierig und fragte nach jedem Detail. »Und jetzt ist der Inspektor ohne uns zum Traubenglück gefahren«, schloss Justus schließlich seinen Bericht.

»Zum alten oder zum neuen?«, fragte Mr Strummer.

Justus und Bob merkten auf. »Wie bitte?«

»Ich wohne schon lange hier oben«, sagte der Ladenbesitzer, »ich kenne die Gegend. Und ihre Geschichte. Wisst ihr, viele meiner Kunden …«

»Bitte!«, unterbrach Justus. »Was haben Sie mit dem alten und dem neuen Traubenglück gemeint?«

Mr Strummer nickte. »Jaja, es gibt zwei Orte mit dem Namen Traubenglück. Dieses Restaurant hat seinen Namen von einer Höhle, die sich weiter unten in einem abgelegenen Felsgelände des Canyons befindet. Der Restaurantbesitzer ist dort aufgewachsen und hat den Namen seines Abenteuerspielplatzes dann später auf seine Unternehmung …«

Justus fasste den Mann am Arm. »Mr Strummer! Bitte! Wo befindet sich diese Höhle?«

»Glaubt ihr, dass euer Freund dort steckt?«

»Frank Wheeler dürfte aus seiner Jugend doch viel eher die Höhle und ihre Verstecke als das Restaurant gekannt haben!«

Strummer nickte nachdenklich. »Da hast du wohl recht! Wartet. Ich hole euch eine Karte!«

Der Ladenbesitzer lief in seinen Laden. Justus und Bob folgten ihm. Aus einem Drehständer nahm er eine nagelneue Wanderkarte, faltete sie auf und markierte mit dem Kugelschreiber eine Stelle. »Hier. Hier ist Traubenglück! Mit dem Wagen kommt ihr nur bis da …« – sein Finger deutete auf das Papier – »… den Rest müsst ihr zu Fuß gehen, bis dort, dann dem Bachlauf folgen! Ich schenke euch die Karte. Schließlich geht es um Peter!«

Justus bedankte sich und nahm sie entgegen. »Bitte informieren Sie Inspektor Cotta! Er soll sofort auch dorthin kommen! Es zählt jede Sekunde!«

Mr Strummer nickte und machte sich auf den Weg zum Telefon.

So schnell es ging, setzten sich die beiden Detektive in ihr Auto und nahmen Kurs auf die waldigen Seitengebiete des Canyons. Zunächst war der Fahrweg noch geteert, dann wurde der Untergrund schlechter. Schließlich erreichten sie einen kleinen Parkplatz, auf dem kein einziges Auto stand.

»Ob wir hier richtig sind?«, fragte Bob. »Oder kommen wir zu spät?«

»Beides möglich«, sagte Justus und sah auf die Karte. Er wies auf einen Pfad, den man im Dickicht leicht übersehen konnte. »Da lang!«

Sie hatten noch gut einen Kilometer zu bewältigen, dazu ging es ziemlich bergan, aber sogar Justus nahm den Weg im Laufschritt. Als sie einen vertrockneten Bachlauf überqueren mussten, sagte Bob: »Hier müssen wir uns ins Gelände schlagen und den Hang hochklettern, oder?«

Justus legte seinen Zeigefinger an die Lippen. Dann zeigte er nach vorne. Im Gestrüpp war ein Motorrad versteckt.

»Debbie Peterson!«, flüsterte Justus. »Sie sind also noch da!«
»Also hoch?«
»Warte!« Justus schlich an das Motorrad, bückte sich und fummelte an dem Motor herum. Dann nickte er zufrieden. »Jetzt«, sagte er.
Es war mühsam, durch das Gelände zu steigen: Gingen sie zu schnell, machten sie zu viel Lärm, gingen sie langsamer, kamen sie vielleicht zu spät.
Aber schon nach ein paar Minuten waren sie am Ziel. Fast wären sie an dem von stacheligen Pflanzen und wildem Wein zugewucherten Loch vorbeigeklettert. Doch dann fiel ihnen ein altes, verrostetes Schild auf. »Betreten verboten! Lebensgefahr!«
»Wahrscheinlich wegen Steinschlags«, sagte Justus. »Aber es ist ein Notfall!« Sie schlichen näher an den Eingang heran und horchten. Aus dem Inneren drangen kratzende Geräusche nach draußen. Ein schwacher Lichtschein wurde von den Wänden reflektiert. Plötzlich sagte jemand: »Beeil dich! Da schlafen mir ja die Füße ein!«
»Dann mach du doch weiter, wenn du's besser kannst!«, sagte ein anderer Mann.
Und dann war eine Frau zu hören: »Hört auf, euch zu streiten!«
»Doch, streitet ruhig weiter!«, dröhnte eine vierte Stimme, »ich find's gut!«
»Lenny!«, murmelte Bob.
»Klappe! Sonst verpasse ich dir wieder deinen Knebel!«, rief einer der anderen beiden Männer.
»Hoffentlich ist Peter auch dabei!«, flüsterte Justus. »Sie

müssen mit dem Auto gekommen sein. Wahrscheinlich ist es irgendwo versteckt, sodass wir es in der Eile nicht gesehen haben!«
Die Frau sagte: »Ich geh mal nach draußen und checke, ob die Luft rein ist!«
»Mist!« Justus und Bob sahen sich um und verdrückten sich hinter einen Felsvorsprung. Nur wenige Augenblicke später kletterte Debbie Peterson aus der Höhle, streckte sich und murmelte leise: »Männer …«
Justus bückte sich vorsichtig und drückte Bob einen kurzen Ast in die Hand, während er mit der anderen Hand das Zeichen einer Pistole machte. Bob nickte.
Als Debbie mit dem Rücken zu ihnen stand, tat Bob drei schnelle elastische Schritte auf sie zu, schob ihr den Ast in den Rücken und zischte: »Keinen Ton. Sonst ist es vorbei mit Ihnen! Hände hoch!«
Debbie zuckte erschrocken zusammen. Dann hob sie die Hände. »Und nun ein Stück weg von hier«, zischte Bob.
Während er Debbie zur Seite drängte, sah der dritte Detektiv aus den Augenwinkeln, wie Justus in die Höhle schlich. Das Geräusch von Schritten konnte dieser dabei nicht ganz vermeiden.
»Debbie?«, fragte ein Mann. »Gleich ist es so weit!«
Justus ging weiter.
Es wurde heller. Ganz leise trat Justus um eine Ecke. Mit einem Pickel kratzte Keith gerade eine Felsstelle frei. »Ich hab's!«, sagte er im selben Moment und ruckelte an dem Stein. Hinter ihm stand der falsche Kellner und assistierte ihm mit einer Taschenlampe. Im Schein einer weiteren

Lampe sah Justus Lenny, am Boden liegend und gefesselt. Und direkt neben ihm lag … Peter! Offenbar unversehrt. Justus fiel ein Stein vom Herzen.
Alle vier starrten wie gebannt auf die Stelle am Felsen. Niemand achtete auf Justus. Keith hatte den Stein nun ganz aus der Verankerung gezogen. Der falsche Kellner trat vor und leuchtete in das Loch. Das Licht, das von innen reflektiert wurde, schimmerte golden.
»Wow!«, sagte der falsche Kellner andächtig.
»Guten Tag, die Herren!«, sagte Justus.
Alle fuhren herum. Lenny lachte dröhnend und rief: »Die drei ???! Hab ich's doch gewusst! Meine kleine Lebensversicherung!«
Peter stöhnte nur: »Justus! Endlich!«
Währenddessen sahen Keith und der falsche Kellner den Ersten Detektiv an, als stünde der amerikanische Präsident vor ihnen.
Justus zwinkerte Peter zu und wandte sich dann an den falschen Kellner. »Mister Anthony Wheeler«, sagte er, »es tut mir leid, dass die kleine goldene Erbschaft Ihres Bruders für Sie nun geplatzt ist. Inspektor Cotta ist in der Nähe. Fliehen ist sinnlos. Debbie wurde gerade festgesetzt! Aus Ihrer gemeinsamen Zukunft wird also sowieso nichts mehr!«
»Du … du …«, kam es stockend von Wheeler.
»Jeder weitere Verstoß gegen das Gesetz erhöht nur Ihre Strafe«, sagte Justus gelassen.
Peter sah ihn bewundernd an. Wenn Justus wollte, konnte er eine große Selbstsicherheit vorspielen, selbst wenn es in seinem Inneren gerade ganz anders aussah.

»Das Gelände ist umstellt!«, fuhr Justus fort und tat einen Schritt in Richtung Peter. »Ich schlage vor, Sie lassen als Zeichen des guten Willens zunächst Ihre Entführungsopfer frei!«

»Gar nichts werde ich!«, brüllte der falsche Kellner.

»Ihre Liste ist lang, Anthony! Sie waren auf unserem Schrottplatz und haben Lennys Auto manipuliert«, sagte Justus ungerührt und ging auf Peter zu. »Oder genauer gesagt, Ihre Freundin Debbie, die Sie wohl einmal im Dunstkreis von Keith kennengelernt haben müssen, richtig? Sie wollten verhindern, dass Lenny den *La-La-Song* öffentlich aufführt und Ihnen jemand anders den Goldschatz streitig macht. Denn natürlich wollten Sie selbst an das Gold! Als das mit dem Unfall nichts wurde, mussten Sie Lenny kurzfristig bei seinem Konzert entführen.« Justus war nun dicht bei Peter. Irgendwann würde Inspektor Cotta da sein. Es galt, Zeit zu gewinnen.

»Sie vermuteten das Gold in Lennys Brunnen und wollten es in der Nacht in Ruhe suchen. Doch leider waren wir, die drei ???, auf Moonlight Star. So mussten Sie umdenken und uns erst mal in die Falle locken. Dafür meine Gratulation: Mit viel Fantasie ist Ihnen das ja gelungen!«

»Ach, was fantasierst du da! Und bleib weg von deinem Freund!«

»Haben Sie eigentlich auch Durnell auf dem Parkplatz niedergeschlagen?«, fragte Justus.

»Einen Blödsinn habe ich!«

Plötzlich machte auch Keith den Mund auf. »Hat er doch«, sagte er. »Als er gerade dabei war, die zwei Masken von Lenny und allerhand Werkzeug aus dem Auto zu holen. Die ganze Sache ist dir doch sowieso aus dem Ruder gelaufen, Tony! Als ich dir von dem Song erzählt habe und du mich um Hilfe gebeten hast, hast du gesagt, das alles wird eine leise, einfache Geschichte. Und nun liegen hier Lenny und dieser Junge herum!«

»Warum haben Sie dabei überhaupt mitgemacht, Keith?«, fragte Justus.

»Das möchte ich auch gerne wissen!«, rief Lenny dazwischen.

Keith schwieg.

»Na, trau dich doch!«, sagte Wheeler. »Noch nicht mal dazu hast du den Mumm!«

»Ich hatte mal … ein Verhältnis mit Sue Tamara«, murmelte Keith. »Nur kurz, Lenny. Ehrlich! Schon lange her! Damit hat er mich erpresst.«

Lenny brüllte los vor Lachen. »Aber das weiß ich doch schon alles! Sue hat mir das erzählt und ich habe ihr längst verziehen!«

»Und ans große Geld wollte er natürlich auch«, sagte Anthony Wheeler. »Der Kerl denkt doch unaufhörlich, dass er zu kurz gekommen sei in der Band!«

»Mannomann«, sagte Lenny, »was sind das bloß für Rock 'n' Roller!«

Die drei ??? saßen mit Lenny und Sue Tamara auf Moonlight Star. Das brennende Holz knisterte im Kamin.

»Da ist mein Plan, Clayton zu überführen, ja ganz schön in die Hose gegangen«, sagte Lenny. »Was für ein Glück, dass ihr so schlau wart und noch diesen Inspektor rechtzeitig zur

Höhle gelotst habt, damit er alle festnehmen konnte! Die zwei Fragezeichen in dem Brief haben euch tatsächlich stutzig gemacht, oder?«

»Ja. Dennoch wäre es fast schiefgegangen«, sagte Peter. »Nachdem Anthony im Brunnen kein Gold fand, zählte er eins und eins zusammen und hat sich dafür interessiert, was in dem Päckchen war, das Sie uns tags zuvor gegeben hatten. So stieß er auf das Originalrätsel seines Bruders und kam auf die richtige Spur!«

»Neben dem Songtext war ein alter Geheimcode notiert aus der Zeit, als beide Wheelers noch Kinder waren«, sagte Justus. »Den hat er natürlich sofort erkannt. Sie nannten ihn damals einfach *La-La-La,* nach dem Refrain aus einem Lied. Auch die Traubenglück-Höhle kannten beide von ihren Abenteuerspielen. Das hat Anthony Inspektor Cotta gestanden.«

Lenny nickte. »Was ist dieser Anthony denn eigentlich für ein Typ?«, fragte er. »Wisst ihr das?«

»Eigentlich kein ganz verkehrter Kerl. Er hat viel Pech gehabt«, sagte Justus. »Inspektor Cotta hat erzählt, dass er sogar ein Buch geschrieben hat. *Mein verpfuschtes Leben.* Doch leider haben es alle Verlage abgelehnt. Später kam Tony dann richtig auf die schiefe Bahn und lernte Debbie kennen, die einmal als Backgroundsängerin in Ihrer Band gesungen hat. Gemeinsam wollten sie sich jetzt mit dem Gold eine Zukunft irgendwo in einem asiatischen Land aufbauen. Aber das Leben ist nun mal nicht Hollywood.« Justus machte eine Pause. »Nur dieser Tippgeber Clayton ist leider weiter auf freiem Fuß. Inspektor Cotta hat sich an seine Fersen gehef-

tet! Ich bin sicher, er wird einen Beweis finden und ihn überführen – vielleicht, wenn wir ihm ein wenig unter die Arme greifen!«
Lenny nickte. »Tut das.«
Sie schwiegen. Das Feuer im Kamin wurde schwächer. Sue stand auf und legte Holz nach.
»Danke, Pookie«, sagte Lenny.
»Pookie – dass du mich manchmal so nennst, hat übrigens Keith Anthony verraten!«, sagte Sue Tamara. »Ich kann es immer noch nicht fassen!«
»Was wird nun aus der Band werden, nachdem Keith Sie so hintergangen hat?«, fragte Bob Lenny.
Der Musiker holte Luft. »Ja, Keith. Mit ihm habe ich mich schon immer am wenigsten verstanden, besonders seit der Geschichte mit Sue. Ich werde mich wohl nach einem neuen Drummer umschauen müssen, zumal auf ihn das Gefängnis wartet! Ron, Morning-Joe und ich machen natürlich auf jeden Fall weiter.«
»Wieso heißt Morning-Joe eigentlich Morning-Joe?«, erkundigte sich Bob. »Das frage ich mich schon seit Langem.«
»Ganz einfach«, sagte Lenny. »Weil er auf unseren Tourneen immer als Erster aufgestanden ist. Meist schon vor elf!« Er lachte schallend.
Bob grinste Justus an. »So stell ich mir das später auch mal vor! Morning-Justus kocht schon mal den Kaffee, während wir noch im Bett liegen!«
Doch der Erste Detektiv war noch nicht in Small-Talk-Laune. »Lenny, eine Frage habe ich noch. Wie hat Sie Anthony eigentlich unter der Bühne so schnell überwältigt?

Und Sie auch noch zum Unterschreiben des gefälschten Briefs an Sue gebracht? Sie sind doch, mit Verlaub, um einiges kräftiger als er ...«
»Er drohte mit einer Pistole«, sagte Lenny, »aber nicht nur das. Er sagte, er ließe ...«
»... er ließe eine Bombe hochgehen, wenn Sie nicht machen, was er wollte, und alle Gäste kämen ums Leben!«, vollendete Justus den Satz. »Es war übrigens eine Attrappe.«
»Wow!«, sagte Lenny. »Meine Hochachtung! Genau so war es!«
Justus zog das Stück Draht aus der Tasche, das er auf dem Boden unter der Bühne gefunden hatte. »Alles nur Kombinationsgabe, Erfahrung und Situationsempathie«, sagte er.
»Justus, wie er leibt und lebt«, rief Sue Tamara und schenkte den drei ??? Limonade nach. »Auf so einen tollen Spruch sollten wir anstoßen!«
Sie hoben ihre Gläser und prosteten sich zu.
Justus nahm einen schnellen Schluck und fragte: »Lenny, als Sie Frank Wheeler im Gefängnis besuchten, um was hat er Sie da eigentlich genau gebeten?«
»Ach, Frank, traurig, dass er inzwischen gestorben ist. Wusstet ihr das?« Lenny stellte sein Bierglas ab. »Er gab mir den Text, den ich seinem Bruder aushändigen sollte. Ich bin von einem brüderlichen Abschiedsgruß ausgegangen. Dabei erzählte er mir auch von seinem Verdacht hinsichtlich Clayton.«
»Da wuchs in Ihnen der Wunsch, Clayton zu überführen«, sagte Justus.
Lenny lächelte. »Justus, ich habe viele Lieder geschrieben, Liebeslieder, rätselhafte Lieder, aber auch politische Songs.

Als ich jung war, dachte ich, sie könnten die Welt verändern und etwas bewirken. Später habe ich gemerkt, dass das so einfach nicht ist.«

»Aber das haben Sie doch, ich meine, etwas bewirkt«, sagte Bob und suchte nach den richtigen Worten. »Vielleicht nicht direkt politisch. Aber wenn ich meine Lieblingsmusik höre, fühlt sich alles anders an und ich sehe die Dinge neu. Das ist intensiv und schön … Und Lieder können Erinnerungen wachrufen, Vergangenes zum Leben erwecken, zumindest für einige Momente. Also greifen sie doch ein in mein Leben!«

Lenny sah ihn ruhig an. »Spielst du ein Instrument?«

»Er summt«, warf Peter ein.

Bob wiegte den Kopf. »Ein bisschen Gitarre …«

»Ich hol uns zwei!«, sagte Lenny und stand auf.

Die drei ???® ... ihre großen Fälle!

- ☐ Der finstere Rivale
- ☐ Das düstere Vermächtnis
- ☐ und der Geisterzug
- ☐ Fußballfieber
- ☐ Geister-Canyon
- ☐ Schatten über Hollywood
- ☐ Schwarze Madonna
- ☐ Fluch des Drachen
- ☐ Spuk im Netz
- ☐ Haus des Schreckens
- ☐ Fels der Dämonen
- ☐ Der tote Mönch
- ☐ und das versunkene Dorf
- ☐ Das Geheimnis der Diva
- ☐ und die Fußball-Falle
- ☐ Tödliches Eis
- ☐ Grusel auf Campbell Castle
- ☐ Der namenlose Gegner
- ☐ Skateboardfieber
- ☐ Im Netz des Drachen
- ☐ Im Zeichen der Schlangen
- ☐ Die blutenden Bilder
- ☐ und der schreiende Nebel
- ☐ Sinfonie der Angst
- ☐ und die schwarze Katze
- ☐ und der verschollene Pilot
- ☐ Im Schatten des Giganten
- ☐ Fußball-Teufel
- ☐ und das blaue Biest
- ☐ und die brennende Stadt
- ☐ GPS-Gangster
- ☐ Das Rätsel der Sieben
  7 Kurzgeschichten
- ☐ Straße des Grauens
- ☐ Die Spur des Spielers
- ☐ und das Phantom aus dem Meer
- ☐ Tuch der Toten
- ☐ Eisenmann
- ☐ Dämon der Rache
- ☐ Sinfonie der Angst
- ☐ und der gestohlene Sieg
- ☐ Die Rache des Untoten
- ☐ Der Geist des Goldgräbers
- ☐ Der gefiederte Schrecken
- ☐ und der Zeitgeist
  6 Kurzgeschichten
- ☐ und die flüsternden Puppen
- ☐ Das Kabinett des Zauberers
- ☐ Im Haus des Henkers
- ☐ Geisterbucht
  Trilogie
- ☐ Schattenwelt
  Trilogie

kosmos.de/die_drei_fragezeichen